胡鈍俞選評

唐詩千首

中華書局印行

作者伉儷近影

胡鈍俞一九〇一——
江西永新人
國立中央大學畢業
英國倫敦大學政治經濟學院研究
國立中山大學教授二年
國立四川大學教授兼主任二年
行憲第一屆立法委員
夏聲雜誌、中國詩季刊發行人
近著：商務版，矛盾與平衡；中華版，在發展中的臺灣經濟；夏聲版，寧遠詩集、詩經繹評、楚辭發微、漢代樂府與古詩、魏晉詩筌。

自序

胡鈍俞

前清同光以來，詩風追蹤江西詩派，善者深曲瘦勁，不善者枯淡生澀而失詩之蘊藉空靈，遂使詩與人群、詩與社會構成鉅深鴻溝而無法欣賞。清末廢科舉、興學校，詩作已非士人進身之階。歐風東漸，學生忙於科學，對中國文史已無力兼顧，遑論詩作。詩道之不存也久矣！

文學為民族文化之主流，而詩又為文學之骨幹。詩可以美化人生，淨化社會。中國文字之構造與聲韻，為作詩最優越之條件，世界其他語文，無法企及。中國詩之重要既如此，而其存亡斷續之危機又如彼，有識之士應竭智盡力以圖挽救！

從詩經到民國，詩之歷史垂數千年，其中以唐、宋為盛。而唐尤過於宋。清康熙間所編全唐詩，得詩四萬八千九百餘首，凡二千二百餘人，具見其浩繁也。惟因無詩不錄，無韻不存，菁蕪並蓄，不僅僧道婦女俱全，神仙鬼怪亦居然入選，使讀者無從着手，甚至望而生厭。乾隆時蘅塘退士，就唐詩中膾炙人口之作擇其要者，每體得數十首，共三百餘首，名曰唐詩三百首，流傳至今，無遠弗屆。但其中亦有百首，可以不選，而遺珠之多，則擢髮難數。沈德潛唐詩別裁，得詩一千九百二十八首，其取捨得失，亦有問題，不敢苟同。茲就全唐詩逐人逐詩予以選擇，而加評論，得詩九百三十四首，凡一百五十四人，名曰唐詩千首，詩數不及全唐詩百分之二，不及唐詩別裁二分之一，比唐詩三百首增加二倍。作者傳記，比全唐詩更為簡略。從民國六十三年四月至六十四年六月完稿，固無意與唐詩三百首及唐詩別裁爭一日之短長，而對選詩之主張與前提，或與蘅塘退士、沈德潛不盡相同，揭述於後：

(一)詩有三要素，一為境界；二為格調；三為神韻；三者得一，可以入選。
(二)詩須具有詩情、詩味、詩韻，得一入選。
(三)社會詩、諷諭詩、感情詩而文足以濟用者入選。
(四)敦厚溫柔、發情止義者入選。
(五)明朗如畫、俗不傷雅者入選。
(六)違反或迷失時代性者不選。
(七)應酬性、歌頌性、教條性者不選。
(八)詠小物小事者不選。
(九)構想庸俗、文字鄙俚者不選。
(十)典實僻奧、文理欠明者不選。

全唐詩錄存近五萬首，而本書只選九百餘首，何其捨之多而取之少？除上述十大原則外，唐詩之惡劣粗濫者亦復不少，大詩家如杜甫、白居易等即多劣品，其餘作家，擁詩數卷，竟無一首可選。自唐至清，俱係專制及科舉時代，對詩人名賢，只好依據傳統，恭維敷諛，若加指責，非目為大逆，即指為狂妄。民國建元以後，雖無此顧忌，但精於詩而深加研究者爲數太少，故積非成是，稱拙爲工。現爲工業時代，寸陰寸金，卽研究中詩者，亦不願浪費時間、精力於菁蕪盡備之全唐詩，其他學人更無論矣，則最盛最美之唐詩，或遲或早將爲黃炎子孫所迷失。爲摒繁就約、取精棄滓，在精力、時間之條件下人人可讀，此唐詩千首之選評所由作也。

孔子定詩三百篇，旣未刪（刪卽選也）亦未評，現存唐詩選集，亦置評極少，詩之選評，必具有幾個最優越之條件方能從事。卽對詩之結構、法則、得失、利弊，有澈底之瞭解；要有平正無偏之襟懷；就小知大，見微知著之識力；勇敢果決之判斷；及信守不渝之責任心；且必超出古今詩派窠臼。粗淺如余，誠不足負此重任。但事旣重要，而又無人承擔，祇好冒昧嘗試。疏漏錯誤，在所難免。

余每喜鼓勵人們寫作，寫作必刺激求知慾望與讀書興趣，日新月異，不致固步自封。寫作毋懼錯誤疏漏，名著傑作亦難求全。有錯誤始能改正，有疏漏始能充實，若不寫作，人固不知，己亦莫辨。在此動亂時代，有著作而不發表問世，不待身後卽蕩佚無存。余不僅鼓勵寫作，並鼓勵著作出版，知我罪我不敢計也。因此，故對全唐詩之選評，以最大勇氣從事寫作，並以最大勇氣出版問世，尙祈海內外賢達有以敎之。

本書完稿後，經六閱月之校對、增刪、整理，與在夏聲雜誌分期發表者，大有不同，最後以此書爲準。又蒙姚琮、高越天、陳鼎環諸先生作序，張國訓先生精心校閱，並此誌謝。

姚序

春秋褒貶。詩經美刺。其筆雖異。其用則同。聖人作春秋。誰敢贊一辭。然三家之說以興。各是其是。誰或非之。詩尤甚焉。歷時既久。名著塡委。苟欲窮形盡相。其勢有所不能。且詩意貴在言外。深之又深。年遠代湮。解者自解。註解愈繁。迷惑尤甚。余讀李義山詩。常懷此感。沁水賈氏景德有曰。倘起義山于地下而問之。彼必以久而遺忘對。甚矣哉。詩之難解也有如此。梁鍾嶸著詩品三卷。辭甚典雅。與劉勰文心雕龍並稱。而列陸機潘岳于上品。劉琨郭璞陶潛鮑照謝朓江淹于中品。魏武下品。識者非之。嶸績學士也。猶有此失。可爲炯戒。江右胡鈍俞先生早遊異域。蜚聲內外。日與大議。文能服衆。更以其餘緒。選唐詩千首。先訂十則。以範甄別。枚乘多材。事無遺策。伯樂喜鑑。馬群以空。嘉惠後學。功固不尠。晚近文風日衰。詩亡有日矣。詩亡則國危。春秋以作。先生爲此懼。不惜老爲形役。成此鉅製。回首前塵。余瞠若乎後也。茲將付梓。屬序于余。用綴數語。以志吾媿。

味辛姚琮

高序

我國文化，博大悠久，在文學上之特色，爲每一時代皆有詩歌，以表達人生之意境，美化人類之生活。而最盛時代，厥爲唐朝。因古詩質朴，進而至於華美雅馴，更講求音韻，盡鏗鏘之美，整齊格調，臻偶儷之奇，則自漢魏以迄六朝，幾已達於極致。乃唐以興國之雄風，拓文藝之新境，由初唐之創導雅正宏博，略采艷而務氣格，聲容並茂，萬花競艷，爰進而至於盛唐之高朗雄奇，沉雄磊落，李杜並生，光芒萬丈。繼又由工入微，由正趨變。清新妙遠，古崛幽深，而間之以精銳側媚，由中唐以迄晚唐，三百年中，雖分四期，每一期之境界、格調與神韻，各有似有不似，而以言造詣，實賅衆妙。故自唐以後，即使作者如林，才人輩出。變風變雅，各思分席，而淵源所自，類似黃河萬里，一出禹門，波濶壯瀾，下游即伏流分道，入淮入海，不能不謂爲源自黃河矣。

五代以後，箋註唐詩，評論唐詩，與選唐詩者，蔚有多人。皆各竭其能，各抒所見，更各從所好，其中消息，洵所謂如飲泉水，冷暖自知。惟箋註貴博徵深入而不背於本意；評論須恰當雅潔而不流於冗濫；選別則尤須精審準確而不苟且遷就。此三者之中，評與選更須長於詩者，方能具正眼法藏，發人之所未發，使作者復生，亦必頫首。斯爲上乘。竊嘗怪宋之方回非不能詩，乃其所編集之瀛奎律髓中，所選唐詩，多爲詰屈突兀之作，其評則強以爲此皆西江詩派之所宗祧。又清之金人瑞非不黠慧，乃所選唐詩，皆擇厚重，且竟以評制藝之法評詩。凡此皆一立意便錯，一開口便錯，使人讀之，大堪嘔噦，如此選評，洵不如不選不評之爲愈也。

竊嘗思之。全唐詩多逹五萬首，自初唐之王陳沈宋，中經李杜岑高韓劉元白以迄末葉之溫李韓許諸公，所作或瓌麗，或奇偉，或幽深，或精銳。凡司空圖詩品中所言之二十四品，殆無不具。若曠覽全集，則如入寶庫，珠貝璀璨，眞不知從何取捨。而明珠之中，間有魚目。美玉之間，亦雜珷玞。至於應酬遊戲之作，未及改定之章，尤多闌入。善夫洪亮吉之言曰：『詩各有所長，卽唐宋大家，亦不能諸體並美。』故唐詩實應選別，以求其精。惟選詩須能立準則以就我，卽有佳什，亦須探求作者之意境。評詩則凡大家名家獨到之處，更當提出，使名句因評而益現精芒，然後，後學者方可法可則。不致讀過便了。至於泛濫之揄揚，如稱工部，謂『無一字無來歷。』稱太白：謂『所作皆如不喫人間烟火食。』則昔人不妨有此一說，今則自不必再効其語。蓋詩作之佳，須有眞賞，有眞契，高山流水，上下千古。任何人之佳境，皆有至有不至，固不宜扣槃捫燭，以爲已知日也。

鈍龕先生長於詩，對於詩學，更研求深邃。近以所選評之全唐詩見示，總僅九百餘首，而全唐詩中之精華殆萃於是。其評尤確當精切，簡而不蕪。此蓋因先立準則，列可以入選者五，不入選者亦五。在自序中言之綦詳。而其準則，固現代治詩學者之基本法則也。余亦嘗有志於是，因懼全唐詩繁富，故雖不滿方金諸家之選，仍斂手而不敢爲。頃見此選及評，欣然躍起，覺當今之世，能爲而又肯爲，不惜勤讀數萬首，精選千首，更以卓允之見解，加以評斷，使唐人佳作之獨到與名句之特出者，豁然顯露於大衆之前，類如衡嶽雲開，太行雨過，巖壑靈秀，嵸嶐入目，斯則不特可喜，抑亦廣大教化主也。承命序，不敢辭，自知所言，恐未必能中肯綮。姑述所懷，以誌欽佩，抑亦慶詩道之昌明，今人固未必後於昔賢也。

浙江蕭山 高越天 敘於一厂

陳序

人之精神構成有三大領域：即理智、情感、意志。理智欲其清，情感欲其和，意志欲其健，能達到此目標，則個人完成其人格，社會實現其幸福。然而，意志乃秉承先天之氣，堅強柔弱，大體有定，必先求理智清明，情感和暢，而後能使意志強者，扶困濟危，以存其仁，使意志弱者，廉頑立懦，以成其義。而理智情感俱可經後天之修爲陶冶，亦人力可以補天工。

中華文化有兩大精髓，爲世界各國所不及。一爲道統哲學：明明德，致良知，彰天理，以之爲天地立心，爲生民立命，爲往聖繼絕學，爲萬世開太平，此理智之極事。至於窮物之理，開物成務，猶居其次，所謂正德、利用、厚生，本末有序，以維福祉。二爲道統詩學，養性怡情，三才和協。雖人生百態，悲歡不一，莫不可以興，可以觀，可以群，可以怨。庶幾錦心繡口，文采風流；臻於珠圓玉潤，萬物交輝。故中國道統哲學與詩學，互爲表裏，誠中形外，枝幹條達，花果繁榮。迨乎大唐之世，不獨本土學術文化，大開盛放，亦且融會佛禪，增益其空靈澄澈，而愈顯其多采多姿。杜甫李白王維，號稱詩聖詩仙詩佛，固無論矣，孟浩然、白居易、高適、岑參、王昌齡、王之渙、劉禹錫、杜牧、李商隱等，莫不才華揚溢，氣勢超凡，以是領袖群倫，蔚爲壯觀。更有曠代奇才寒山子，亦詩亦哲，身同宇宙，情滿乾坤。一時人才之多，詩作之富，氣質之美，卓絕千古。唐詩遂成爲中國文學藝術之冠冕，中華文化之靈魂，足以睥睨全球，光昭萬世。

然而，國運有盛衰，道統有顯晦，近世三百餘年來，學術不振，詩教隱淪，於是人心向下，志氣頹靡。徒知攘權奪利，馴致社會危機四發。斯時西方文明適又挾其威勢而來，遂不免百多年之災禍頻仍。究其病源，豈獨政治帝制之流弊而已？幸而，剝極而復，自 中山先生以降：一方面、新銳之士，倡導科學，圖補近代開物成務之不足，而漸具規模；二方面、博雅之流，致力道統哲學之闡揚，發微抉竅，上媲宋明；三方面、出入國粹西化之間，通達淹貫，調和鼎鼐者，融鑄新舊，統一矛盾，其功尤不可沒。是則新型文化之根基復奠，逐漸再生，循時而進，必將有所光顯於社會層面。惟有道統詩學及美學方面，尚少見擅場。正憂顧之中，近者欣見胡秋原先生闡發中國藝術美學之蘊奧，且表出之以科學層面之新方式，博洽宏通，難能可貴。今者更有胡鈍俞先生成其大著「唐詩千首」一種，精闢典雅，燦然可觀。凡此所述，要皆文化史上之盛事也。

溯自「唐詩三百首」之出，風行海內外，由來已久，飲譽之隆，莫敢訾議。鈍俞先生不以爲然，乃去其三分之一，留其三分之二，另增選七百首，都九百餘篇，佔全唐詩約百分之二，並一一加評。胡氏自建十項取捨標準，範圍廣泛，尺度精嚴，務使選評諸詩確具代表性。不特境界文采非凡，且隱藏福國利民、振衰起敝之旨趣，並灌以科學民主之思潮。例如杜甫白居易二家，反映民間生活之社會詩篇，即多選錄，用彰民胞物與之心，兼垂富貴不淫之戒。再如李白「清平調」三章，人多選載，却予删除。蓋以「名花傾國兩相歡，常得君王帶笑看，解釋春風無限恨，沉香亭北倚闌干」之類，詩句雖美，但視女人爲皇帝之玩物，固於男女平等之道不合，而其渲染諛頌宮廷之頹廢奢靡，尤違背道統之思想。然而，若以爲胡氏所選均爲嚴肅，則又不然。試看新選太白之「陌上贈美人」云：

駿馬驕行路落花　垂鞭直拂五雲車
美人一笑褰珠箔　遙指紅樓是妾家

何等高邁飄逸，風流豪放。吾人於此詩中，大可想見盛唐社會之華贍富泰，朝氣蓬勃。男女相悅，浪漫自由，乃至神舒意暢，豈不勝却前詩十倍？又如劉禹錫絕句：

春江一曲柳千條　二十年前舊板橋
曾與情人橋上別　恨無消息到今朝

其俊逸清美，一往情深，令人一誦而低廻不盡。舉此兩例，可見一斑。胡氏於宮廷生活詩，亦有所反映，但含有批判或嘲諷意味，例如白居易「後宮詞」：

雨露由來一點恩　爭能遍布及千門
三千宮女胭脂面　幾個春來無淚痕

再如江妃「謝賜珍珠」云：

柳葉雙眉久不描　殘妝和淚汙紅綃

長門盡日無梳洗　何必珍珠慰寂寥

次則「唐詩三百首」係依詩之體裁編列，今此書則依詩人而分類，於是易見各家之風格。唐詩三百首，對若干大詩人之詩，所選寥寥無幾，實不足以窺其堂奧，例如劉禹錫、高適等是。茲舉劉之七律及七絕各一如次：

巫山神女廟

巫山十二鬱蒼蒼　片石亭亭號女郎
曉霧乍開疑卷幔　山花欲謝似殘妝
星河好夜聞清佩　雲雨歸時帶異香
何事神仙九天外　人間來就楚襄王

表情狀景，入神入化。想像力之豐富，氣氛之靈異幽美，均不作第二人想。九天外可易為天字外。

石頭城

山圍故國周遭在　潮打空城寂寞回
淮水東邊舊時月　夜深還過女墻來

此詩當年白居易讀罷，為之贊歎不已，且曰「潮打空城寂寞回，吾知後之詩人，不復措詞矣」。白樂天都為折倒，何況吾人，豈可遺而不選？

至於高適之長篇邊塞詩，清健俊拔，音調鏗鏘，亦特多選入。茲僅隨手引其七絕一首以省篇幅，並概其餘各家：

雪淨胡天牧馬還　　月明羌笛戍樓間

借問梅花何處落　　風吹一夜滿關山

以上二詩，唐詩三百首，皆未選入，其他好詩亦遺珠甚多，胡氏所選，則無此弊。

又胡氏之選詩，均就詩之本身爲準據，故雖杜甫之詩，爲「唐詩三百首」所入選者，若非傑作，一樣剔除，例如杜之「此道昔歸順，西郊胡正繁，至今殘破胆，應有未招魂，近侍歸京邑，移官豈至尊，無才日衰老，駐馬望千門」。實無動人之處，而且字句淡澀勉強。胡氏所選杜詩頗多，俱爲精美且可讀性高。反之，卽使名不見經傳之作者，只因有一首特佳，亦予入選而與大詩人並列，如楊達之「明妃怨」：

漢國明妃去不還　　馬馱絃管向陰山

匣中縱有菱花鏡　　羞對單于照舊顏

沈鬱婉轉，意味深長，尤富民族意識，末二句且有哲思，耐人玩索。蓋詩之智慧超絕，可以影射籠罩甚廣。筆者尙憶旅美時，每於寂寞之際，好吟誦唐詩以遣懷，此首卽爲當時常詠之一，尤其於長途巴士上，過荒野而低吟此曲，念國家於近世之衰替悲愴，眞不知洩放多少心中沈鬱之情愫。

此外，胡氏於入選詩所加之短評，類多精警，輒富回味。試看王翰「涼州詞」：

葡萄美酒夜光杯　欲飲琵琶馬上催
醉臥沙場君莫笑　古來征戰幾人回

「評曰：此詩爲唐代名作。兵凶戰危，末句一語道破。而氣不衰颯，寓壯於慨，此大唐之所以能威振四夷也」。

又王維之「使至塞上」：

單車欲問邊　屬國過居延　征蓬出漢塞　歸雁入胡天
大漠孤煙直　長河落日圓　蕭關逢候吏　都護在燕然

「評曰：單車、問邊、屬國、居延、征蓬、漢塞、歸雁、胡天、大漠、孤煙、長河、落日、蕭關、候吏、都護、燕然，都是塞上人與物等名詞，數來便囉嗦討厭，經摩詰串和撮合，便成一首好詩，眞有神出鬼沒功夫」。

又蔣維翰「春女怨」：

白玉堂前一樹梅　今朝忽見數花開
兒家門戶尋常閉　春色何緣入得來

「評曰：玲瓏嬌巧，怨而不怒，樂而不蕩，作小詩亦須有格，於此方信」。

又李白絕句：

峨眉山月半輪秋　影入平羌江水流
夜發清溪向三峽　思君不見下渝州

「評曰：秀雅晶瑩，有如峨眉山月。一詩用四地名，而不覺堆砌，反多情致，若非仙才不可及也」。

又常建五律：

泊舟淮水次　霜降多流清　夜久潮浸岸　天寒月近城

平沙依雁宿　候館聽雞鳴　鄉國雲霄外　誰堪羈旅情

「評曰：清澹朗潤，神韻悠揚」。

又韋應物絕句：

獨憐幽草澗邊生　上有黃鸝深樹鳴

春潮帶雨晚來急　野渡無人舟自橫

「評曰：每句看似言景，實是言情，幽雅澹遠，尤不可及」。

又岑參詩：

梁園日暮亂飛鴉　極目蕭條三兩家

庭樹不知人去盡　春來還發舊時花

「評曰：前二句言衰落，後二句反擊，意更深遠，筆奪造化」。

又杜甫秦州雜詩之一：

莽莽萬重山　孤城石谷間　無風雲出塞　不夜月臨關

屬國歸何晚　樓蘭斬未還　煙塵獨帳望　衰颯正摧顏

評曰：中四句造語，另創一格，挺拔雄奇，可醫平庸之病」。

又評崔護名句：

去年今日此門中　人面桃花相映紅

人面不知何處去　桃花依舊笑春風

「評曰：情深似海，筆潤如珠」。

諸如此類，所評簡潔精當，深達堂奧，以限於篇幅，不多贅擧。

然而，以唐詩之浩繁精絕，欲求選評之每首皆能完美，自是艱難萬分。胡氏所選者，間亦有若干可待商榷，所下評語少數或可再斟酌。所謂文章千古事，得失之間，仁智互見，有時毫厘千里，大可終身玩索不盡。但「唐詩千首」，較諸「唐詩三百首」，無論於質於量，均遠可以代表有唐一代之詩，堪稱空前佳構。此書對於中等教育程度之人，固可覽誦移化，對於文豪詩家學者，亦足供吟詠涵養。其於宏揚詩教，變化氣質，效用至大，厥功必偉。譽之爲傳世之作，並非過甚其詞。顧此書一出，直可以取「唐詩三百首」而代之矣。

或問：以今日時代變遷，白話詩應多提倡，若唐詩之美，既已登峯造極，實難爲繼，何須深究？此誠知其一而不知其二。學詩，非謂模章仿句而已。要在臻登其境界，融入其氣象。胸次既醇化，精神既提昇，則縱然平生不寫詩，受益已深矣；或專寫白話詩，亦不覺已脫胎換骨矣。詩之體裁雖因時而變，但詩之所以爲詩之內在本質，古今中外固有其共通處。詩人一方面要從現實生活中熬煉，另一方面要從既有文化中陶鑄。如否認並斷絕其歷史詩人之智慧與經驗，便無異於從頭由士人階段做起，欲期望其成熟完美，豈不久待到千載之後？故白話詩與文言詩宜並重兼籌，一如中西文化宜相輔璧合。今之白話詩人如皆能深究唐詩之妙奧，決有助於現代詩之醇化，加速其成熟，而莊嚴其新氣象。反之，如唐詩之精神不能復振，中國亦甚難出現動人心魄之偉大語體詩時代，恐將長久徘徊於乖僻衰散之境，何能作心靈之呼喚，時代之明燈？詩人應是先知先覺之社會理想精神引導者，絕不是隨流而下作芸芸衆生之尾巴。詩人應具有點鐵成金之才情，而不是化雲爲泥之惰性。

鈍翁先生早歲游學英倫，專攻經濟，歷任大學教席，並膺選立法委員，獻身於國計民生工作，故其思想夙具科學基礎，實事求是精神。惟平生於中國詩學，復深有造詣，而長於吟詠，年前曾有和寒山詩三百餘首之傑作，功力雄厚。茲將刋印唐詩千首，承以序文見囑，曷勝榮幸。自忖晚輩淺學，何敢動筆？然而拜誦再三，欽佩無似，欲抒胸臆，忘其譾陋，謹述所感，意在贊襄鼓舞，冀能有助於民族文化之復興耳。筆者既有感於詩歌與國運之息息相關，細讀此書之餘，不禁緬懷盛世，殷望新朝，遂特以淺近文言爲序，並賦一絕，藉申禱頌云爾：

光華璀燦一千詩　上國天聲萬世宜
悅我性情增我慧　人間長愛此書奇。

陳鼎環

目次

杜甫　八四首

卷七（人廿七名，詩七四首）

錢起　四首　戴叔倫　四首
元結　一首　盧綸　六首
張繼　一首　李益　四首
韓翃　二首　李端　二首
郎士元　二首　司空曙　三首
皇甫冉　二首　王建　十二首
劉方平　二首　朱灣　一首
王之渙　二首　張志和　一首
柳中庸　三首　于鵠　一首
秦系　一首　楊巨源　二首
嚴武　一首　韓愈　十首
耿湋　一首　王涯　一首
竇叔向　一首　陳羽　三首
竇常　一首

卷八（人十一名，詩七十首）

柳宗元　十一首　張籍　八首
劉禹錫　十七首　盧仝　一首
張仲素　五首　李賀　四首
崔護　一首　劉叉　三首
呂溫　一首　元稹　十四首
孟郊　五首

卷九（人一名，詩八一首）

白居易　八一首

卷十（人二十名，詩一〇六首）

牛僧孺　一首　李德裕　六首
王播　二首　熊孺登　二首
長孫佐輔　一首　李涉　五首
張碧　三首　柳公權　一首
孫叔向　一首　李紳　二首
劉皂　一首　張祜　四首
裴交泰　一首　朱慶餘　二首
徐凝　二首　雍陶　十四首

卷一

宣宗皇帝　黃檗禪師一首。

瀑布聯句

千巖萬壑不辭勞。遠看方知出處高。（黃檗）溪澗豈能留得住。終歸大海作波濤。（帝）

評曰：黃檗聯如名駒昂首，身價非凡；宣宗聯如神龍歸海，風雲際會。

江妃 名采蘋，莆田人，善屬文，開元初侍明皇，大見寵幸，明皇因其好梅花，戲名梅妃，詩一首，選一首。

謝賜珍珠（上在花萼樓封珍珠一斛密賜妃妃不受）

柳葉雙眉久不描。殘妝和淚汚紅綃。長門盡日無梳洗。何必珍珠慰寂寥。

評曰：詞筆幽雅，哀怨深長。

王績 字無功，絳州龍門人，文中子之弟，隋末授秘書省正字，不樂在朝，求爲六合丞，嗜酒不任事，尋還鄉里。時太樂署史焦革，家善釀，績求爲丞，革死，棄官歸東皐，號東皐子。王績新創詩體，境界甚高，俗不傷雅，寒山子出，集其大成。詩一卷，選三首。

在京思故園見鄉人問

旅泊多年歲。老去不知迴。忽逢門前客。道發故鄉來。斂眉俱握手。破涕共銜杯。殷勤訪朋舊。屈曲問童孩。衰宗多弟姪。若箇賞池臺。舊園今在否。新樹也應栽。柳行疏密布。茅齋寬窄裁。經移何處竹。別種幾株梅。渠當無絕水。石計總生苔。院果誰先熟。林花那後開。羇心祗欲問。爲報不須猜。行當驅下澤。去剪故園萊。

評曰：斂眉握手，破涕銜杯，寫盡他鄉故知甘苦滋味。鄉情詢問，雖略嫌瑣碎，却娓娓動人。

野望

東皐薄暮望。徙倚欲何依。樹樹皆秋色。山山唯落暉。牧人驅犢返。獵馬帶禽歸。相顧無相識。長歌懷采薇。

策杖尋隱士

策杖尋隱士。行行路漸賒。石梁橫澗斷。土室映山斜。孝然縱有舍。威輦遂無家。置酒燒枯葉。披書坐落花。新垂滋水釣。舊結茂陵罝。歲歲長如此。方知輕世華。

評曰：右二首隱居野趣，興味盎然。

張九齡字子壽，韶州曲江人。擢進士第。官至中書舍人，同平章事。詩三卷，選三首。

望月懷遠

海上生明月。天涯共此時。情人怨遙夜。竟夕起相思。滅燭憐光滿。披衣覺露滋。不堪盈手贈。還寢夢佳期。

詠燕

海燕何微眇。乘春亦暫來。豈知泥滓賤。祇見玉堂開。繡戶時雙入。華軒日幾回。無心與物競。鷹隼莫相猜。

聽箏

端居正無緒。那復發秦箏。纖指傳新意。繁絃起怨情。悠揚思欲絕。掩抑態還生。豈是聲能感。人心自不平。

評曰：九齡詩爲矯六朝綺靡之習，故詞筆古奥。上錄三首，却聲調和協，韻味悠揚。

宋之問 一名少連字廷清，虢州弘農人。武三思用事，起爲鴻臚丞，轉考功員外郎，修文館學士。睿宗即位，徙欽州，尋賜死。詩三卷，選三首。

題大庾嶺北驛

陽月南飛雁。傳聞至此回。我行殊未已。何日復歸來。江靜潮初落。林昏瘴不開。明朝望鄉處。應見隴頭梅。

評曰：第二聯流水對，第三聯悲痛極矣。

渡漢江

嶺外音書斷。經冬復歷春。近鄉情更怯。不敢問來人。

評曰：逐臣心情惡劣，不堪想像。

新年作

鄉心新歲切。天畔獨潸然。老至居人下。春歸在客先。嶺猿同旦暮。江柳共風煙。已似長沙傅。從今又幾年。

評曰：謫宦滋味，流溢紙上。老居人下，春歸客先，其甘苦更可知矣。在全唐詩中，此詩重見於劉長卿詩內，而並未註明。依此詩意詞，爲宋之問詩無疑。

王勃 字子安，絳州龍門人，未冠應舉及第，授朝散郎。與楊炯、盧照鄰、駱賓王以文章名，號稱四傑。往交趾省父，渡海溺水，悸而卒，年二十八。詩二卷，選一首。

杜少府之任蜀州

城闕輔三秦。風煙望五津。與君離別意。同是宦遊人。海內存知己。天涯若比鄰。無爲在歧路。兒女共沾巾。

評曰：精誠流露，詞筆瀟脫。

劉希夷 一名庭芝，汝州人。少有文華，落魄不拘常格，後爲人所害。詩一卷。選一首。

代悲白頭翁（一作宋之問有所思）

洛陽城東桃李花。飛來飛去落誰家。洛陽女兒好顏色。坐見落花長歎息。今年花落顏色改。明年花開復誰在。已見松柏摧爲薪。更聞桑田變成海。古人無復洛城東。今人還對落花風。年年歲歲花相似。歲歲年年人不同。寄言全盛紅顏子。應憐半死白頭翁。此翁白頭眞可憐。伊昔紅顏美少年。公子王孫芳樹下。清歌妙舞落花前。光祿池臺開錦繡。將軍樓閣畫神仙。一朝臥病無相識。三春行樂在誰邊。宛轉蛾眉能幾時。須臾鶴髮亂如絲。但看古來歌舞地。惟有黃昏鳥雀悲。

評曰：詩中多警句妙詞，因讀者多，今日視之，已變爲陳言濫調矣。

陳子昂字伯玉，梓州射洪人。擢進士第。武后朝爲靈臺正字，遷右拾遺。父爲縣令段簡所辱，遽還鄉，簡乃因事收繫獄中，憂憤而卒。唐興文章承徐庾遺風，駢麗穠縟。子昂橫制頹波始歸雅正，李杜以下，咸推宗之。詩二卷，選四首。

燕昭王

南登碣石坂。遙望黃金臺。丘陵盡喬木。昭王安在哉。霸圖悵已矣。驅馬復歸來。

登幽州臺歌

前不見古人。後不見來者。念天地之悠悠。獨愴然而涕下。

評曰：前二首已脫梁陳窠臼，而獨倡格調，開創唐風。

晚次樂鄉縣

故鄉杳無際。日暮且孤征。川原迷舊國。道路入邊城。野戍荒煙斷。深山古木平。如何此時恨。噭噭夜猿鳴。

評曰：俊逸勁遒，允稱佳構。

入東陽峽與李明府舟前後不相及

東巖初解纜。南浦遂離羣。出沒同洲島。沿洄異渚濆。風煙猶可望。歌笑浩難聞。路轉青山合。峰廻白日曛。奔濤上漫漫。積水下云云。倐忽猶疑及。差池復兩分。離離間遠樹。藹藹沒遙氛。地上巴陵道。星連斗牛文。孤狖啼寒月。哀鴻叫斷雲。仙舟不可見。搖思坐氛氳。

評曰：兩舟沿洄，前後不見之情景，描寫入神，眞大手筆。

沈佺期字雲卿，相州內黃人。擢進士第，歷官修文館直學士、中書舍人、太子少詹事。語曰蘇李居前，沈宋比肩。詩三卷，選三首。

雜詩（三首錄一）

聞道黃龍戍。頻年不解兵。可憐閨裏月。長在漢家營。少婦今春意。良人昨夜情。誰能將旗鼓。一爲取龍城。

評曰：征夫閨婦，哀怨良深。

古意呈補闕喬知之

盧家少婦鬱金堂。（一作香）海燕雙棲玳瑁粱。九月寒砧催木葉。十年征戍憶遼陽。白狼河北音書斷。丹鳳城南秋夜長。誰謂含愁獨不見。更教明月照流黃。

評曰：沈宋對律詩爲承前啓後之功臣。此詩可算七律成功之作。

遙同杜員外審言過嶺

天長地濶嶺頭分。去國離家見白雲。洛浦風光何所似。崇山瘴癘不堪聞。南浮漲海人何處。北望衡陽雁幾羣。兩地江山萬餘里。何時重謁聖明君。

評曰：身棲窮邊，心懷魏闕，情可感人，詞足達意。

李元紘字大綱，京兆萬年人。官歷中書侍郎同中書門下平章事。詩三首，選一首。

綠墀怨

征馬噪金珂。嫖姚向北河。綠苔行跡少。紅粉淚痕多。寶屋粘花絮。銀箏覆網羅。別君如昨日。青海雁頻過。

評曰：借怨婦以寄諷諭，詞筆華贍。

韋述京兆人，舉進士。集賢院直學士，累遷尙書、工部侍郎，在書府四十年，居史職二十年，勒成國史事簡紀詳。蕭穎士以爲譙周陳壽之流。後陷賊流渝州卒。詩四首，選三首。

晚渡伊水

悠悠涉伊水。伊水清見石。是時春向深。兩岸草如積。迢遞望洲嶼。逶迤亘津陌。新樹落疏紅。遙原上深碧。回瞻洛陽苑。遽有長山隔。煙霧猶辨家。風塵已爲客。登陟多異趣。往來見行役。雲起早已昏。鳥飛日將夕。光陰逝不借。超然慕疇昔。遠游亦何爲。歸來存竹帛。

評曰：沿途風物，掇擷無遺。

春日山莊

初歲開韶月。田家喜載陽。晚晴搖水態。遲景蕩山光。浦淨漁舟遠。花飛樵路香。自然成野趣。都使俗情忘。

評曰：對仗工整，中四句韻味尤佳。末句嫌弱。

廣陵送別宋員外佐越鄭舍人還京（一作張謂詩）

朱紱臨秦望。皇華赴洛橋。文章南渡越。書奏北歸朝。樹入江雲盡。城銜海月遙。秋風將客思。川上晚蕭蕭。

評曰：第二聯切情，第三聯切景，末聯悠揚不盡。

李適之 歷刑部尚書，天寶元年代牛仙客為左相。詩二首，選一首。

罷相作

避賢初罷相。樂聖且銜杯。為問門前客。今朝幾個來。

評曰：直率而欠含蓄，雖示坦易，終失詩人之旨。

袁暉 以魏知古薦為左補闕。開元中，馬懷素請校正羣籍，暉自邢州司戶參軍預焉。詩八首，選一首。

長門怨

早知君愛歇。本自無縈妒。誰使恩情深。今來反相誤。愁眠羅帳曉。泣坐金閨暮。獨有夢中魂。猶言意如故。

評曰：舊事翻新，筆調矯健。

賀知章（六五九—七四四）字季真，會稽永興（現浙江紹興市）人。擢進士，累遷太常博士，歷禮部侍郎，加集賢院學士，改授工部侍郎，俄遷秘書監。卒年八十六。肅宗贈禮部尚書。詩一卷，選二首。

回鄉偶書（二首）

少小離家老大回。鄉音難改鬢毛衰。兒童相見不相識。笑問客從何處來。

離別家鄉歲月多。近來人事半銷磨。唯有門前鏡湖水。春風不改舊時波。

評曰：平易敍來，刻劃深入，傑作也。

王灣 洛陽人，登先天進士第，預校麗正書院。其海日生殘夜，江春入舊年之句，當時稱最。張說手題於政事堂，每示能文，令爲楷式。詩十首，選一首。

次北固山下

客路青山外。行舟綠水前。潮平兩岸濶。風正一帆懸。海日生殘夜。江春入舊年。鄉書何處達。歸雁洛陽邊。

評曰：中四句詩中有畫，更多感慨，的是大家手筆。

王冷然 開元五年登進士第，官校書郎，詩四首，選一首。

古木臥平沙

古木臥平沙。摧殘歲月賒。有根橫水石。無葉拂煙霞。春至苔爲葉。冬來雪作花。不逢星漢使。誰辨是靈槎。

評曰：中四句刻劃古字臥字，已臻化工。棄字重見。

張子容

先天二年擢進士第，爲樂城尉，與孟浩然友善。詩一卷，選一首。

貶樂城尉日作

竄謫邊窮海。川原近惡谿。有時聞虎嘯。無夜不猿啼。地暖花長發。巖高日易低。故鄉可憶處。遙指斗牛西。

評曰：隨意寫出，不事琢飾。

張旭

蘇州吳人，嗜酒善草書，每醉後呼號狂走乃下筆。或以頭濡墨而書，既醒自視以爲神，世呼爲張顛。初仕爲常熟尉，自言始見公主擔夫爭道，又聞鼓吹而得筆法意。觀公孫大娘舞劍器，乃盡其神。時以李白歌詩、旭草書及裴旻劍舞爲三絕。詩六首，選三首。

桃花谿

隱隱飛橋隔野煙。石磯西畔問漁船。桃花盡日隨流水。洞在清谿何處邊。

評曰：幽雅清媚，如明月笛聲，空谷鶯語，竟出自張顛之手，更令人拍案叫絕。

山行留客

山光物態弄春輝。莫爲輕陰便擬歸。縱使晴明無雨色。入雲深處亦沾衣。

評曰：入雲沾衣，與物俱化矣。具有最高境界。

春草

春草青青萬里餘。邊城落日見離居。情知海上三年別。不寄雲間一紙書。

評曰：以春草寫出憶舊懷人之思。宋寇萊公「波渺渺，柳依依」，「蘋滿汀洲人未歸」一詩，即由此脫胎。

張若虛揚州人，兗州兵曹，與賀知章、張旭、包融號吳中四士。詩二首，選一首。

春江花月夜

春江潮水連海平。海上明月共潮生。灩灩隨波千萬里。何處春江無月明。江流宛轉遶芳甸。月照花林皆似霰。空裏流霜不覺飛。汀上白沙看不見。江上一色無纖塵。皎皎空中孤月輪。江畔何人初見月。江月何年初照人。人生代代無窮已。江月年年祗相似。不知江月待何人。但見長江送流水。白雲一片去悠悠。青楓浦上不勝愁。誰家今夜扁舟子。何處相思明月樓。可憐樓上月徘徊。應照離人妝鏡臺。玉戶簾中捲不去。擣衣砧上拂還來。此時相望不相聞。願逐月華流照君。鴻雁長飛光不度。魚龍潛躍水成文。昨夜閒潭夢落花。可憐春半不還家。江水流春去欲盡。江潭落月復西斜。斜月沉沉藏海霧。碣石瀟湘無限路。不知乘月幾人歸。落月搖情滿江樹。

評曰：與劉希夷代悲白頭翁詩，格調相同。

卷二

王維

王維（七〇一—七六一）字摩詰，河東人，工書畫。開元九年進士。官至中書舍人，給事中，尚書右丞。以詩名。詩四卷，三百七十二首，選五十三首。

送別

下馬飲君酒。問君何所之。君言不得意。歸臥南山陲。但去莫復問。白雲無盡時。

評曰：看來容易，得來艱難。末二句餘音繞梁，悠揚不盡。

齊州送祖三

相逢方一笑。相送還成泣。祖帳已傷離。荒城復愁入。天寒遠山淨。日暮長河急。解纜君已遙。望君猶佇立。

評曰：送別詩難工，此篇情意纏綿，可稱佳什。

送綦毋潛落第還鄉

聖代無隱者。英靈盡來歸。遂令東山客。不得顧採薇。既至君門遠。孰云吾道非。江淮度寒食。京洛縫春衣。置酒長安道。同心與我違。行當浮桂櫂。未幾拂荊扉。遠樹帶行客。孤城當落暉。吾謀適不用。勿謂知音稀。

評曰：置酒四句，點出落第還鄉。遠樹二句，看是敘景，實含無限悲情。

藍田山石門精舍

落日山水好。漾舟信歸風。探奇不覺遠。因以緣源窮。遙愛雲木秀。初疑路不同。安知清流轉。偶與前山通。捨舟理輕策。果然愜所適。老僧四五人。逍遙蔭松柏。朝梵林未曙。夜禪山更寂。道心及牧童。世事問樵客。暝宿長林下。焚香臥瑤席。澗芳襲人衣。山月映石壁。再尋畏迷誤。明發更登歷。笑謝桃源人。花紅復來覿。

評曰：此山水詩不及謝客之精鍊，而偉麗閒雅則過之。道心二句，含着無限禪思哲理。

青谿

言入黃花川。每逐青谿水。隨山將萬轉。趣途無百里。聲喧亂石中。色靜深松裏。漾漾汎菱荇。澄澄映葭葦。我心素已閒。清川澹如此。請留盤石上。垂釣將已矣。

評曰：末四句力敵千鈞，擲地有聲，然非修養有素，未能道出。

渭川田家

斜陽照墟落。窮巷牛羊歸。野老念牧童。倚杖候荆扉。雉雊麥苗秀。蠶眠桑葉稀。田夫荷鋤至。相見語依依。卽此羨閒逸。悵然吟式微。

評曰：詠田家詩多矣，如此詩之唯眞唯實，唯妙唯肖，不可多得。

飯覆釜山僧

晚知清淨理。日與人群疎。將候遠山僧。先期掃弊廬。果從雲峰裏。顧我蓬蒿居。藉草飯松屑。焚香看道書。然燈晝欲盡。鳴磬夜方初。一悟寂爲樂。此日閒有餘。思歸何必深。

身世猶空虛。

評曰：摩詰篤於奉佛，晚年長齋禪誦，此奉佛之一章也。

新晴野望

新晴原野曠。極目無氛垢。郭門臨渡頭。村樹連谿口。白水明田外。碧峰出山後。農月無閒人。傾家事南畝。

評曰：中四句寫田野景色，淡而有致，末二句寫農忙生活。

宿鄭州

朝與周人辭。暮投鄭人宿。他鄉絕儔侶。孤客親僮僕。宛洛望不見。秋霖晦平陸。田父草際歸。村童雨中牧。主人東皐上。時稼遶茅屋。蟲思機杼悲。雀喧禾黍熟。明當渡京水。昨晚猶金谷。此去欲何言。窮邊徇微祿。

早入滎陽界

汎舟入滎澤。茲邑乃雄藩。河曲閭閻隘。川中煙火繁。因人見風俗。入境聞方言。秋野田疇盛。朝光市井喧。漁商波上客。雞犬岸旁村。前路白雲外。孤帆安可論。

評曰：前二首沿途見聞，描寫細緻，點綴清朗，具見詩中有畫。

夷門歌

七雄雄雌猶未分。攻城殺將何紛紛。秦兵益圍邯鄲急。魏王不救平原君。公子爲嬴停駟馬。執轡愈恭意愈下。亥為屠肆鼓刀人。嬴乃夷門抱關者。非但慷慨獻良謀。意氣兼將身命酬。向風刎頸送公子。七十老翁何所求。

評曰：氣勢凌雲，斬截有力，與其他山水禪意之詩，雍容嫺麗，又是一格，摩詰之詩亦多術矣。

隴頭吟

長安少年遊俠客。夜上戍樓看太白。隴頭明月迥臨關。隴上行人夜吹笛。關西老將不勝愁。駐馬聽之雙淚流。身經大小百餘戰。麾下偏裨萬戶侯。蘇武纔為典屬國。節旄落盡海西頭。

老將行

少年十五二十時。步行奪得胡馬騎。射殺山中白額虎。肯數鄴下黃鬚兒。一身轉戰三千里。一劍曾當百萬師。漢兵奮迅如霹靂。虜騎崩騰畏蒺藜。衞青不敗由天幸。李廣無功緣數奇。自從棄置便衰朽。世事蹉跎成白首。昔時飛箭無全目。今日垂楊生左肘。路傍時賣故侯瓜。門前學種先生柳。蒼茫古木連窮巷。寥落寒山對虛牖。誓令疏勒出飛泉。不似潁川空使酒。賀蘭山下陣如雲。羽檄交馳日夕聞。節使三河募年少。詔書五道出將軍。試拂鐵衣如雪色。聊持寶劍動星文。願得燕弓射天將。恥令越甲鳴吳軍（一作吾君）。莫嫌舊日雲中守。猶堪一戰取（一作樹）功勳。

燕支行（時年二十一）

漢家天將才且雄。來時謁帝明光宮。萬乘親推雙闕下。千官出餞五陵東。誓辭甲第金門裏。身作長城玉塞中。衞霍才堪一騎將。朝廷不數貳師功。趙魏燕韓多勁卒。關西俠少何咆勃。報讐只是聞嘗膽。飲酒不曾防刮骨。畫戟雕戈白日寒。連旗大斾黃塵沒。疊鼓遙翻瀚海波。鳴笳亂動天山月。麒麟錦帶佩吳鈎。颯沓青驪躍紫騮。拔劍已斷天驕臂。歸鞍共飲月支頭。漢兵大呼一當百。虜騎相看哭且愁。教戰雖令赴湯火。終知上將先伐謀。

評曰：右三首邊塞詩嶄削凌厲，不讓岑、高獨步。唐人詩能雅亦能雄。後人則往往僅能專一體，此唐詩之所以俯視千古也。

桃源行（時年十九）

漁舟逐水愛山春。兩岸桃花夾去（一作古）津。坐看紅樹不知遠。行盡青溪不見人。山口潛行始隈隩，山開曠望旋平陸。遙看一處攢雲樹。近入千家散花竹。樵客初傳漢姓名。居人未改秦衣服。居人共住武陵源。還從物外起田園。月明松下房櫳靜。日出雲中雞犬喧。驚聞俗客爭來集。競引還家問都邑。平明閭巷掃花開。薄暮漁樵乘水入。初因避地去人間。及至成仙遂不還。峽裏誰知有人事。世中遙望空雲山。不疑靈境難聞見。塵心未盡思鄉縣。出洞無論隔山水。辭家終擬長游衍。自謂經過舊不迷。安知峰壑今來變。當時只記入山深。青溪幾曲到雲林。春來遍是桃花水。不辨仙源何處尋。

評曰：桃花源詩多矣，而以此詩最爲佼佼。寫景敘情，皆具畫意。末句尤悠然不盡，使人興避秦之思！

洛陽女兒行（時年十六，一作十八）

洛陽女兒對門居。纔可容顏十五餘。良人玉勒乘驄馬。侍女金盤膾鯉魚。畫閣朱樓盡相望。紅桃綠柳垂簷向。羅幃送上七香車。寶扇迎歸九華帳。狂夫富貴在青春。意氣驕奢劇季倫。自憐碧玉親教舞。不惜珊瑚持與人。春窗曙滅九微火。九微片片飛花瑣。戲罷曾無理曲時。妝成祇是薰香坐。城中相識盡繁華。日夜經過趙李家。誰憐越女顏如玉。貧賤江頭自浣紗。

評曰：從反面結束，又是一法。

答張五弟

終南有茅屋。前對終南山。終年無客常閉關。終日無心常自閒。不妨飲酒復垂釣。君但能來相往還。

評曰：此爲隱居思友之作。信手寫來，毫不費力，而無俗韻。能悟此者，即可升堂。

從岐王過楊氏別業應教

楊子談經處。淮王載酒過。興闌啼鳥換。坐久落花多。逕轉迴銀燭。林開散玉珂。嚴城時未啓。前路擁笙歌。

評曰：後賢從第四句翻陳入新，名句累累。

輞川閑居贈裴秀才廸

寒山轉蒼翠。秋水日潺湲。倚杖柴門外。臨風聽暮蟬。渡頭餘落日。墟里上孤煙。復值接輿醉。狂歌五柳前。

評曰：起聯見高境界。第三聯狀景入神。第二聯不事對仗，尤見氣力。

冬晚對雪憶胡居士家

寒更傳曉箭。清鏡覽衰顏。隔牖風驚竹。開門雪滿山。灑空深巷靜。積素廣庭閒。借問袁安舍。翛然尚閉關。

評曰：首句指冬晚，中四句寫對雪，結聯憶胡居士家。

酬張少府

晚年唯好靜。萬事不關心。自顧無長策。空知返舊林。松風吹解帶。山月照彈琴。君問窮通理。漁歌入浦深。

評曰：起聯境界即高人一着。第二聯流水對，為律詩中最佳對仗。第三聯不僅句佳，境界尤高。結聯另闢途徑，使全篇活躍而韻味深長。洵為成功之作。

送丘為落第歸江東

憐君不得意。況復柳條春。為客黃金盡。還家白髮新。五湖三畝宅。萬里一歸人。知爾不能薦。羞為獻納臣。

評曰：首句一語破的。萬里句感慨深矣。結聯痛表歉意，友誼深摯。

送嚴秀才還蜀

寧親爲令子。似舅卽賢甥。別路經花縣。還鄉入錦城。山臨青塞斷。江向白雲平。獻賦何時至。明君憶長卿。

評曰：起結二聯，深致慰問，中四句狀景。尤見精緻。

過香積寺（一作王昌齡詩）

不知香積寺。數里入雲峰。古木無人逕。深山何處鐘。泉聲咽危石。日色冷青松。薄暮空潭曲。安禪制毒龍。

評曰：中四句幽雅工整。其景非入山深者不能知，但要寫出，談何容易！

山居秋暝

空山新雨後。天氣晚來秋。明月松間照。清泉石上流。竹喧歸浣女。蓮動下漁舟。隨意春芳歇。王孫自可留。

終南別業

中歲頗好道。晚家南山陲。興來每獨往。勝事空自知。行到水窮處。坐看雲起時。偶然值林叟。談笑無還期。

歸嵩山作

清川帶長薄。車馬去閒閒。流水如有意。暮禽相與還。荒城臨古渡。落日滿秋山。迢遞嵩高下。歸來且閉關。

評曰：右三首已入神仙境界，不似塵世人語，而造句之間適多趣，更難企及。即在全唐詩中，亦未可多得。

終南山

太乙近天都。連山接海隅。白雲迴望合。青靄入看無。分野中峰變。陰晴衆壑殊。欲投人處宿。隔水問樵夫。

評曰：以終南山之雄奇幽深，要於八句中寫出，又不可與嵩華泰衡同一格式，乃是一難題，摩詰寫此，不僅狀景好，鍊字更工。結聯更另出新意，遊刄有餘，余對摩詰詩法，又進一解。

輞川閑居

一從歸白社。不復到青門。時倚檐前樹。遠看原上村。青菰臨水拔。白鳥向山翻。寂寞於陵子。桔槹方灌園。

評曰：時倚聯與陶詩「悠然見南山」同一風味。「拔」「翻」是摩詰的鍊字法。

觀獵

風勁角弓鳴。將軍獵渭城。草枯鷹眼疾。雪盡馬蹄輕。忽過新豐市。還歸細柳營。迴看射雕處。千里暮雲平。

評曰：調高詞美，無一閒字，迴看一結，尤使人與關中原上曠蕩無限之思，此詩在摩詰五律中，允稱傑出之作。

漢江臨汎

楚塞三湘接。荊門九派通。江流天地外。山色有無中。郡邑浮前浦。波瀾動遠空。襄陽風日好。留醉與山翁。

評曰：起筆非凡，第二聯名句。

汎前陂

秋空自明迥。況復遠人間。暢以沙際鶴。兼之雲外山。澄波澹將夕。清月皓方閒。此夜任孤櫂。夷猶殊未還。

評曰：「暢以」「兼之」「澹將夕」「皓方閒」好詞亦險詞，他人不敢用也。

登河北城樓作

井邑傅巖上。客亭雲霧間。高城眺落日。極浦暎蒼山。岸火孤舟宿。漁家夕鳥還。寂寥天地暮。心與廣川閒。

評曰：岸火聯佳句，結聯尤見灑脫。

千塔主人

逆旅逢佳節。征帆未可前。窗臨汴河水。門渡楚人船。雞犬散墟落。桑榆蔭遠田。所居人不見。枕席生雲煙。

評曰：現成景物，寫來似經烹煉，其功夫在此。第七句點題。

使至塞上

單車欲問邊。屬國過居延。征蓬出漢塞。歸雁入胡天。大漠孤煙直。長河落日圓。蕭關逢候吏。都護在燕然。

評曰：單車，問邊，屬國，居延，征蓬，漢塞，歸雁，胡天，大漠，孤煙，長河，落日，蕭關，候吏，都護，燕然，全是塞上人物名詞，數來便囉嗦討厭，經摩詰串連撮合，便成一首好詩，眞有神出鬼沒功夫。

奉和聖製從蓬萊向興慶閣道中留春雨中春望之作應制

渭水自縈秦塞曲。黃山舊遶漢宮斜。鑾輿迴出千門柳。閣道迴看上苑花。雲裏帝城雙鳳闕。雨中春樹萬人家。爲乘陽氣引時令。不是宸遊翫物華。

和賈舍人早朝大明宮之作

絳幘雞人送曉籌。尚衣方進翠雲裘。九天閶闔開宮殿。萬國衣冠拜冕旒。日色纔臨仙掌動。香煙欲傍袞龍浮。朝罷須裁五色詔。佩聲歸向鳳池頭。

評曰：前首爲應制詩，次首爲官場酬應之作，應不入選。惟前首雨中春樹句，次首九天聯皆爲名句可傳，不願捨棄。

出塞

居延城外獵天驕。白草連山野火燒。暮雲空磧時驅馬。秋日平原好射雕。護羌校尉朝乘障。破虜將軍夜渡遼。玉靶角弓珠勒馬。漢家將賜霍嫖姚。

評曰：整潔工穩，惜陳詞過多，且欠靈活。

送楊少府貶郴州

明到衡山與洞庭。若爲秋月聽猿聲。愁看北渚三湘遠。惡說南風五兩輕。青草瘴時過夏口。白頭浪裏出湓城。長沙不久留才子。賈誼何須吊屈平。

評曰：對仗工整，末聯慰問得體，惟南方事物地名，重見疊出，是一大病。

春日與裴廸過新昌里訪呂逸人不遇

桃源一向絕風塵。柳市南頭訪隱淪。到門不敢題凡鳥。看竹何須問主人。城上青山如屋裏。東家流水入西鄰。閉戶著書多歲月。種松皆老作龍鱗。

評曰：描述隱居勝地，神氣活現，非有道佛修養，無此手筆。

輞川別業

不到東山向一年。歸來纔及種春田。雨中草色綠堪染。水上桃花紅欲然。優婁比丘經論學。傴僂丈人鄉里賢。披衣倒屣且相見。相歡語笑衡門前。

評曰：起聯灑脫非凡，雨中聯雖用尋常景物，而用字巧妙，生色不少。相字重見。

積雨輞川莊

積雨空林煙火遲。蒸藜炊黍餉東菑。漠漠水田飛白鷺。陰陰夏木囀黃鸝。山中習靜觀朝槿。松下清齋折露葵。野老與人爭席罷。海鷗何事更相疑。

評曰：全從平淡着筆，高人一籌，結聯轉入新意，更使全篇生動。

鹿柴（籬落也）

空山不見人。但聞人語響。返景入深林。復照青苔上。

評曰：有聲無色，無聲有色。

南垞

輕舟南垞去。北垞淼難卽。隔浦望人家。遙遙不相識。

評曰：可望而不可卽。

竹里館

獨坐幽篁裏。彈琴復長嘯。深林人不知。明月來相照。

評曰：獨坐無人，彈琴玩月。極幽澹之致。

送別

山中相送罷。日暮掩柴扉。春草明年綠。王孫歸不歸。

評曰：送罷掩扉，思其早歸。情致綿綿。

雜詩三首（錄二）

家住孟津河。門對孟津口。常有江南船。寄書家中否。

君自故鄉來。應知故鄉事。來日綺窗前。寒梅着花未。

評曰：思家懷鄉，語短情眞。

田園樂（七首錄二）

采菱渡頭風急。策仗林西日斜。杏樹壇邊漁父。桃花源裏人家。

桃紅復含宿雨。柳綠更帶朝煙。花落家童未掃。鶯啼山客猶眠。

評曰：世外生活，非佛卽仙。

九月九日憶山東兄弟（時年十七）

獨在異鄉爲異客。每逢佳節倍思親。遙知兄弟登高處。遍插茱萸少一人。

評曰：詩不見佳，惟情眞語摯，自然感人。

渭城曲

渭城朝雨浥輕塵。客舍靑靑柳色新。勸君更盡一杯酒。西出陽關無故人。

評曰：此爲送別曲，以詩言詩，本不見佳。而一杯送別，三疊陽關，成爲征人絕唱，因能道出眼前事，心中情也！

菩提寺禁裴廸來相看說逆賊等凝碧池上作音樂供奉人等擧聲便一時淚下私成口號誦示裴廸

萬戶傷心生野煙。百寮何日更朝天。秋槐葉落空宮裏。凝碧池頭奏管絃。

評曰：摩詰因此詩而獲免陷賊之罪。詩亦哀怨悱惻。

卷三

丘為

蘇州嘉興人，累官太子右庶子。致仕給俸祿之半。卒年九十六。與劉長卿、王維善。詩十三首，選四首。

尋西山隱者不遇

絕頂一茅茨。直上三十里。扣關無僮僕。窺室唯案几。若非巾柴車。應是釣秋水。差池不相見。黽勉空仰止。草色新雨中。松聲晚窗裏。及茲契幽絕。自足蕩心耳。雖無賓主意。頗得清靜理。興盡方下山。何必待之子。

題農父廬舍

東風何時至。已綠湖上山。湖上春已早。田家日不閒。溝塍流水處。耒耜平蕪間。薄暮飯牛罷。歸來還閉關。

泛若耶溪

結廬若耶裏。左右若耶水。無日不釣魚。有時向城市。溪中水流急。渡口水流寬。每得樵風便。往來殊不難。一川草長綠。四時那得辨。短褐衣妻兒。餘糧及雞犬。日暮鳥雀稀。稚子呼牛歸。住處無鄰里。柴門獨掩扉。

登潤州城

天末江城晚。登臨客望迷。春潮平島嶼。殘雨隔虹蜺。鳥與孤帆遠。煙和獨樹低。鄉山何處是。目斷廣陵西。

評曰：丘爲善爲山水江湖之詩，句句眞實自然。每在粗拙中見精細，如泛若耶谿詩，無日兩句及最後六句皆是也。丘爲詩近於陶公，能從平淡中見眞趣，讀之使人心曠神怡。由此以覘其個性，必甚和樂。宜享大年。

崔顥

崔顥（七〇四？—七五四）汴州人，現河南省開封市。開元十一年登進士第，累官司勳員外郎，天寶十三年卒。詩一卷，選七首。

江畔老人愁

江南年少十八九。乘舟欲渡青溪口。青溪口邊一老翁。鬢眉皓白已衰朽。自言家代仕梁陳。垂朱拖紫三十人。兩朝出將復入相。五世疊鼓乘朱輪。父兄三葉皆尙主。子女四代爲妃嬪。南山賜田接御苑。北宮甲第連紫宸。直言榮華未休歇。不覺山崩海將竭。兵戈亂入建康城。煙火連燒未央闕。衣冠士子陷鋒刄。良將名臣盡埋沒。山川改易失市朝。衢路縱橫塡白骨。老人此時尙少年。脫身走得投海邊。罷兵歲餘未敢出。去鄉三載方來旋。蓬蒿忘却五城宅。草木不識青谿田。雖然得歸到鄉土。零丁貧賤長辛苦。采樵屢入歷陽山。刈稻常過新林浦。少年欲知老人歲。豈知今年一百五。君今少壯我已衰。我昔少年君不睹。人生貴賤各有時。莫見羸老相輕欺。感君相問爲君說。說罷不覺令人悲。

邯鄲宮人怨

邯鄲陌上三月春。暮行逢見一婦人。自言鄉里本燕趙。少小隨家西入秦。母兄憐愛無儔侶。五歲名爲阿嬌女。七歲丰茸好顏色。八歲黠惠能言語。十三兄弟教詩書。十五青樓學歌舞。我家青樓臨道傍。紗窗綺幔暗聞香。日暮笙歌君駐馬。春日妝梳妾斷腸。不用城南使君壻。本求三十侍中郎。何知漢帝好容色。玉輦携登歸建章。建章宮殿不知數。萬戶千門深且長。百堵塗椒接青瑣。九華閣道連洞房。水晶簾箔雲母扇。琉璃窗牖玳瑁牀。歲歲年年奉歡宴。嬌貴榮華誰不羨。恩情莫比陳皇后。寵愛全勝趙飛燕。瑤房侍寢世莫知。金屋更衣人不見。誰言一朝復一日。君王棄世市朝變。宮車出葬茂陵田。賤妾獨留長信殿。一朝太子升至尊。宮中人事如掌翻。同時侍女見讒毀。後來新人莫敢言。兄弟印綬皆被奪。昔年賞賜不復存。一旦放歸舊鄉里。乘車垂淚還入門。父母愍我曾富貴。嫁與西舍金王孫。念此翻覆復何道。百年盛衰誰能保。憶昨尚如春日花。悲今已作秋時草。少年去去莫停鞭。人生萬事由上天。非我今日獨如此。古今歇薄皆共然。

評曰：前二首長篇鉅構，局勢壯濶，可與白居易琵琶行、元稹連昌宮詞媲美。惜詞筆稍欠精鍊耳。

雁門胡人歌

高山代郡東接燕。雁門胡人家近邊。解放胡鷹逐塞鳥。能將代馬獵秋田。山頭野火寒多燒。雨裏孤峯濕作煙。聞道遼西無鬥戰。時時醉向酒家眠。

評曰：詞筆精到，惜氣力稍欠充沛。

送單于裴都護赴西河

征馬去翩翩。城秋月正圓。單于莫近塞。都護欲臨邊。漢驛通煙火。胡沙乏井泉。功成須獻捷。未必去經年。

評曰：立意遣詞，俱臻上乘。

黃鶴樓

昔人已乘黃鶴去。此地空餘黃鶴樓。黃鶴一去不復返。白雲千載空悠悠。晴川歷歷漢陽樹。芳草萋萋鸚鵡洲。日暮鄉關何處是。煙波江上使人愁。

評曰：起聯突兀高亢，如黃河之水，自天而降。第二聯懷古感今，第三聯寫景寓情。末聯以傷感作結，的是絕唱，宜李白不再題詩於黃鶴樓也。

長干曲（四首錄二）

君家何處住。妾住在橫塘。停船暫借問。或恐是同鄉。

家臨九江水。來去九江側。同是長干人。自小不相識。

評曰：天眞純樸，親切誠摯，在小詩中不曾多見。

祖詠 洛陽人，登開元十二年進士第，與王維友善。詩一卷，選四首。

中峯居喜見苗發（一作李端詩）

自得中峯住。深林亦閉關。經秋無客到。入夜有僧還。暗澗泉聲小。荒岡樹影閒。高窗不可望。星月滿空山。

江南旅情

楚山不可極。歸客自蕭條。海色晴看雨。江聲夜聽潮。劍留南斗近。書寄北風遙。爲報空潭橘。無媒寄洛橋。

泊揚子岸

纔入維揚郡。鄉關此路遙。林藏初過雨。風退欲歸潮。江火明沙岸。雲帆礙浦橋。客衣今日薄。寒氣近來饒。

評曰：右三首清拔俊逸，玉潤珠圓。

望薊門

燕臺一去客心驚。簫鼓聲喧漢將營。萬里寒光生積雪。三邊曙色動危旌。沙場烽火連胡月。海畔雲山擁薊城。少小雖非投筆吏。論功還欲請長纓。

評曰：起聯聲勢凌厲，中四句氣象壯濶，一結有不盡之意，可稱佳構。

李頎

東川人，家於潁陽，擢開元十三年進士第，官新鄉尉。詩三卷，選五首。

宋少府東谿泛舟

登岸還入舟。水禽驚笑語。晚葉低衆色。濕雲帶殘暑。落日乘醉歸。溪流復幾許。

評曰：整潔斬截，無一閒語，初學者尤宜效法。

古從軍行

白日登山望烽火。黃昏飲馬傍交河。行人刁斗風沙暗。公主琵琶幽怨多。野雲萬里無城郭。雨雪紛紛連大漠。胡雁哀鳴夜夜飛。胡兒眼淚雙雙落。聞道玉門猶被遮。應將性命逐輕車。年年戰骨埋荒外。空見蒲桃入漢家。

評曰：格高氣盛，意透語俊。末二句，意義深長，永傳不朽。

琴歌

主人有酒歡今夕。請奏鳴琴廣陵客。月照城頭烏半飛。霜凄萬樹風入衣。銅鑪華燭燭增輝。初彈淥水後楚妃。一聲已動物皆靜。四座無言星欲稀。清淮奉使千餘里。敢告雲山從此始。

評曰：似聯非聯，不通亦通。此詩之上乘也。點題敍事而不落套，此詩之法眼也。然非詩有根底者，不足以語此。

古意

男兒事長征。少小幽燕客。賭勝馬蹄下。由來輕七尺。殺人莫敢前。鬚如蝟毛磔。黃雲隴底白雲飛。未得報恩不得歸。遼東小婦年十五。慣彈琵琶解歌舞。今爲羌笛出塞聲。使我三軍淚如雨。

評曰：此種邊塞詩，可與高適岑參鼎足。

野老曝背

百歲老翁不種田。惟知曝背樂殘年。有時捫虱獨搔首。目送歸鴻籬下眠。

評曰：持重安詳，詩如老翁。看似容易，要到此境界却難。

綦毋潛字季通，荊南人，開元十四年登進士第，由宜壽尉入爲集賢待制，遷右拾遺，終著作郎。詩一卷，選二首。

春泛若耶溪

幽意無斷絕。此去隨所偶。晚風吹行舟。花路入溪口。際夜轉西壑。隔山望南斗。潭煙飛溶溶。林月低向後。生事且瀰漫。願爲持竿叟。

題棲霞寺

南山勢迴合。靈境依此住。殿轉雲崖陰。僧探石泉度。龍蛇爭翕習。神鬼皆密護。萬壑奔道場。羣峯向雙樹。天花飛不着。水月白成路。今日觀我身。歸心復何處。

評曰：造意精深，摛詞工整。功力之深，抑何易及。

儲光羲兗州人，登開元中進士第。歷監察御史。祿山亂後，坐陷賊貶官。詩四卷，選三首。

同王十三維偶然作（十首錄一）

野老本貧賤。冒暑鋤瓜田。一畦未及終。樹下高枕眠。荷蓧者誰子。皤皤來息肩。不復問鄉墟。相見但依然。腹中無一物。高話羲皇年。落日臨層隅。逍遙望晴川。使婦提蠶筐。

呼兒榜漁船。悠悠泛綠水。去摘浦中蓮。蓮花艷且美。使我不能還。

田家雜興（八首錄二）

梧桐蔭我門。薜荔網我屋。迢迢兩夫婦。朝出暮還宿。稼穡既自種。牛羊還自牧。日旰懶耕鋤。登高望川陸。空山足禽獸。墟落多喬木。白馬誰家兒。聯翩相馳逐。

種桑百餘樹。種黍三十畝。衣食既有餘。時時會親友。夏來菰米飯。秋至菊花酒。孺人喜逢迎。稚子解趨走。日暮閒園裏。團團蔭榆柳。酩酊乘夜歸。涼風吹戶牖。清淺望河漢。低昂看北斗。數甕猶未開。明朝能飲否。

評曰：右三首田家生活，野趣盎然，繁簡適度，詞句精鍊，可稱光羲代表作。

王昌齡（六九八—七六五？）字少伯，京兆人，開元十五年進士第。補秘書郎。二十二年中宏詞科。調汜水尉，遷江寧丞。晚節不護細行，貶龍標尉，卒。其詩緒密而思清，時復雄豪跌宕，與高適、王之渙齊名。詩四卷，選九首。

塞下曲（四首錄二）

蟬鳴桑樹林。八月蕭關道。出塞復入塞。處處黃蘆草。從來幽并客。皆共塵沙老。莫學遊俠兒。矜誇紫騮好。

飲馬渡秋水。水寒風似刀。平沙日未沒。黯黯見臨洮。昔日長城戰。咸言意氣高。黃塵足今古。白骨亂蓬蒿。

評曰：雄拔悲壯，俯視千古。

從軍行（二首）

向夕臨大荒。朔風軫歸慮。平沙萬里餘。飛鳥宿何處。虜騎獵長原。翩翩傍河去。邊聲搖白草。海氣生黃霧。百戰苦風塵。十年履霜露。雖投定遠筆。未坐將軍樹。早知行路難。悔不理章句。

秋草馬蹄輕。角弓持弦急。去爲龍城戰。正值胡兵襲。軍氣橫大荒。戰酣日將入。長風金鼓動。白露鐵衣濕。四起愁邊聲。南庭時佇立。斷蓬孤自轉。寒雁飛相及。萬里雲沙漲。平原冰霰澀。惟聞漢使還。獨向刀環泣。

評曰：鍊字造句，擲地有聲。允稱邊塞詩能手。

出塞（二首錄一）

秦時明月漢時關。萬里長征人未還。但使龍城飛將在。不敎胡馬度陰山。

評曰：邊塞詩佳作如林，此篇更冠絕古今。

春宮曲

昨夜風開露井桃。未央前殿月輪高。平陽歌舞新承寵。簾外春寒賜錦袍。

長信秋詞（五首錄一）

奉帚平明金殿開。且將團扇暫徘徊。玉顏不及寒鴉色。猶帶朝陽日影來。

評曰：右二首意在言外，諷諭深長。

閨怨

閨中少婦不知愁。春日凝妝上翠樓。忽見陌頭楊柳色。悔敎夫壻覓封侯。

評曰：名句名篇，轟傳千古，昌齡詩長邊塞，竟有柔情似水之作，其詩亦多術矣。

芙蓉樓送辛漸（二首錄一）

寒雨連江（一作天）夜入吳（一作湖）。平明送客楚山孤。洛陽親友如相問。一片冰心在玉壺。

評曰：月白風清，珠朗璧潤。

常建 登開元中進士第，大曆中爲盱眙尉。詩一卷，選五首。

宿王昌齡隱居

清溪深不測。隱處惟孤雲。松際露微月。清光猶爲君。茅亭宿花影。藥院滋苔紋。余亦謝時去。西山鸞鶴羣。

評曰：前六句敍景，清高同賞。末二句敍情，襟懷與共。

塞上曲

翩翩雲中使。來問太原卒。百戰苦不歸。刀頭怨明月。塞雲隨陣落。寒日傍城沒。城下有寡妻。哀哀哭枯骨。

評曰：使來問卒，卒骨已枯。乃是進一層寫法，讀之使人悽絕。

弔王將軍墓

嫖姚北伐時。深入幾千里。戰餘落日黃。軍敗鼓聲死。嘗聞漢飛將。可奪單于壘。今與山鬼鄰。殘兵哭遼水。

評曰：峭拔有力，一字千鈞。上一首哭兵，此則哭將，皆有深意。蓋傷君恩之不逮也。

題破山寺後禪院

清晨入古寺。初日照高林。竹徑通幽處。禪房花木深。山光悅鳥性。潭影空人心。萬籟此都寂。但餘鐘磬音。

評曰：「竹徑」或作「曲徑」，此聯寓靜趣於不言之中，眞是妙筆。較諸「前溪月落半江水。僧在翠微開竹房」之句，幽峭同而和悅過之。

泊舟盱眙

泊舟淮水次。霜降夕流清。夜久潮浸岸。天寒月近城。平沙依雁宿。候館聽鷄鳴。鄉國雲霄外。誰堪羈旅情。

評曰：清瀹朗潤，神韻悠揚。

蔣維翰登開元進士第。存詩五首。選一首。

春女怨

白玉堂前一樹梅。今朝忽見數花開。兒家門戶尋常閉。春色因何入得來。

評曰：玲瓏嬌巧。怨而不怒。樂而不蕩。作小詩亦須有格，於此方信。

劉長卿字文房，河間人，開元二十一載進士，至德中爲監察御史，終隨州刺史。以詩馳聲上元寶應間。權德輿常謂爲五言長城。詩五卷，選二十五首。

逢雪宿芙蓉山主人

日暮蒼山遠。天寒白屋貧。柴門聞犬吠。風雪夜歸人。

評曰：輕敍淡描，言簡意賅，無一句言情，無一句無情，得五絕三昧。

聽彈琴

冷冷七弦上。靜聽松風寒。古調雖自愛。今人多不彈。

評曰：古調時曲，各擁聽衆，此傷趨時而棄古者也。

送方外上人

孤雲將野鶴。豈向人間住。莫買沃洲山。時人已知處。

評曰：後半追進一層，更見精深。與「雲深不知處」詩，同一境界。

送靈澈上人

蒼蒼竹林寺。杳杳鐘聲晚。荷笠帶夕陽。青山獨歸遠。

評曰：粗放峭拔，又具一格。「晚」「遠」二字，爲鍊字法。

碧澗別墅喜皇甫侍御相訪

荒村帶返照。落葉亂紛紛。古路無行客。寒山獨見君。野橋經雨斷。澗水向田分。不爲憐同病。何人到白雲。

評曰：第二聯流水對極佳。以同病相憐作結，更切身份。

初到碧澗招明契上人

漸老知身累。初寒曝背眠。白雲流永日。黃葉減餘年。猿護窗前樹。泉澆谷後田。沃洲能共隱。不用道林錢。

評曰：「老累」「曝背」從生活中體驗得來，中四句寫碧澗之景，結聯招隱。

送李中丞之襄州

流落征南將。曾驅十萬師。罷歸無舊業。老去戀明時。獨立三邊靜。輕生一劍知。茫茫漢江上。日暮復何之。

評曰：格高氣盛，筆健詞遒。

尋南溪常山道人隱居

一路經行處。莓苔見屐痕。白雲依靜渚。春草閉閒門。過雨看松色。隨山到水源。溪花與禪意。相對亦忘言。

評曰：從禪觀景，從景悟禪，境界高超，而詩情閒雅。

重送裴郎中貶吉州

猿啼客散暮江頭。人自傷心水自流。同作逐臣君更遠。青山萬里一孤舟。

評曰：同病相憐故詞意眞摯。第二句應第一句，第四句應第三句。

酬李穆見寄

孤舟相訪至天涯。萬轉雲山路更賒。欲掩柴門迎遠客。青苔黃葉滿貧家。

評曰：平實有力，清澹有味。

送李判官之潤州行營

萬里辭家事鼓鼙。金陵驛路楚雲西。江春不肯留行客。草色青青送馬蹄

評曰：詞筆現成，並無新意，而使人悠然起興者，情深故也。

送陸澧倉曹西上

長安此去欲何依。先達誰當薦陸機。日下鳳翔雙闕迥。雪中人去二陵稀。舟從故里難移棹。家住寒塘獨掩扉。臨水自傷流落久。贈君空有淚霑衣。

評曰：彼此失意，故傷感深長。

題靈祐和尚故居

歎逝翻悲有此身。禪房寂寞見流塵。多時行徑空秋草。幾日浮生哭故人。風竹自吟遙入磬。雨花隨淚共霑巾。殘經窗下依然在。憶得山中問許詢。

評曰：一四兩句匠心獨運，末句費解。

獻淮寧軍節度使李相公

建牙吹角不聞喧。三十登壇眾所尊。家散萬金酬士死。身留一劍答君恩。漁陽老將多迴席。魯國諸生半在門。白馬翩翩春草綠。邵陵西去獵平原。

觀校獵上淮西相公

龍驤校獵邵陵東。野火初燒楚澤空。師事黃公千戰後。身騎白馬萬人中。笳隨晚吹吟邊草。箭沒寒雲落塞鴻。三十擁旄誰不羨。周郎少小立奇功。

評曰：右二首格調高古，氣象壯濶，非老手莫辦。

送李錄事兄歸襄鄧

十年多難與君同。幾處移家逐轉蓬。白首相逢征戰後。青春已過亂離中。行人杳杳看西月。歸馬蕭蕭向北風。漢水楚雲千萬里。天涯此別恨無窮。

評曰：喪亂中悲歡離合，表情親切。無一泛語。

長沙過賈誼宅

三年謫宦此棲遲。萬古惟留楚客悲。秋草獨尋人去後。寒林空見日斜時。漢文有道恩猶薄。湘水無情弔豈知。寂寂江山搖落處。憐君何事到天涯。

評曰：第三聯感慨深長，點題眞切。

登餘干古縣城

孤城上與白雲齊。萬古荒涼楚水西。官舍已空秋草綠。女墻猶在夜烏啼。平江渺渺來人遠。落日亭亭向客低。沙鳥不知陵谷變。朝飛暮去弋陽溪。

評曰：瑣事碎景，情更親切，不愧高手。

上巳日越中與鮑侍郎泛舟耶溪

蘭橈縵轉傍汀沙。應接雲峰到若耶。舊浦遠來移渡口。垂楊深處有人家。永和春色千年在。曲水鄉心萬里賒。君見漁船時借問。前洲幾路入煙花。

評曰：第二聯別具逸致，結聯別開生面。

雙峰下哭故人李宥

憐君孤壠寄雙峰。埋骨窮泉復幾重。白露空霑九原草。青山猶閉數株松。圖書經亂知何在。妻子因貧失所從。惆悵東皋却歸去。人間無處更相逢。

評曰：關心圖書妻子，足見友誼。

使次安陸寄友人

新年草色遠萋萋。久客將歸失路蹊。暮雨不知涢口處。春風只到穆陵西。孤城盡日空花落。三戶無人自鳥啼。君在江南相憶否。門前五柳幾枝低。

自夏口至鸚鵡洲夕望岳陽寄元中丞

江洲無浪復無煙。楚客相思益渺然。漢口夕陽斜渡鳥。洞庭秋水遠連天。孤城背嶺寒吹角。獨戍臨江夜泊船。賈誼上書憂漢室。長沙謫去古今憐。

評曰：右二首就地覽景，就景生情，搖曳疏放，別具蹊徑。

別嚴士元

春風倚棹闔閭城。水國春寒陰復晴。細雨濕衣看不見。閒花落地聽無聲。日斜江上孤帆影。草綠湖南萬里情。東道若逢相識問。青袍今日誤儒生。

評曰：第二聯描景精細，的是名句。

獄中聞收東京有赦

傳聞闕下降絲綸。爲報關東滅虜塵。壯志已憐成白首。餘生猶待發青春。風霜何事偏傷物。天地無情亦愛人。持法不須張密網。恩波自解惜枯鱗。

評曰：題目用字精簡可喜，詩文命意措詞，亦見精到。

疲兵篇

驕虜乘秋下薊門。陰山日夕煙塵昏。三軍疲馬力已盡。百戰殘兵功未論。陣雲泱漭屯塞北。羽書紛紛來不息。孤城望處增斷腸。折劍看時可霑臆。元戎日夕且歌舞。不念關山久辛苦。自矜倚劍氣凌雲。却笑聞笳淚如雨。萬里飄颻空此身。十年征戰老胡塵。赤心報國無片賞。白首還家有幾人。朔風蕭蕭動枯草。旌旗獵獵榆關道。漢月何曾照客心。胡笳只解催人老。軍前仍欲破重圍。閨裏猶應愁未歸。小婦十年啼夜織。行人九月憶寒衣。飲馬滹河晚更清。行吹羌笛遠歸營。只恨漢家多苦戰。徒遺金鏃滿長城。

評曰：在邊塞詩中可佔一席，惜間欠含蓄，失敦厚溫柔之旨。

李華 字遐叔，贊皇人，開元中第進士，擢宏辭科，累官監察御史，右補闕。大曆初卒。詩一卷，選一首。

春行寄興

宜陽城下草萋萋。澗水東流復向西。芳樹無人花自落。春山一路鳥空啼。

評曰：淒涼悱惻，寄慨遙深。遐叔長於抒寫悲愴之景，宜其弔古戰場文，永爲人傳誦也。

王翰 字子羽，晉陽人，登進士第。舉直言極諫，擢通事舍人，駕部員外。貶道州司馬卒。詩一卷，選二首。

飲馬長城窟行（一作古長城吟）

長安少年無遠圖。一生惟羨執金吾。麒麟前殿拜天子。走馬西擊長城胡。胡沙獵獵吹人面。漢虜相逢不相見。遙聞鼙鼓動地來。傳道單于夜猶戰。此時顧恩寧顧身。爲君一行摧萬人。壯士揮戈迴白日。單于濺血染朱輪。歸來飲馬長城窟。長城道傍多白骨。問之耆老何代人。云是秦王築城卒。黃昏塞北無人煙。鬼哭啾啾聲沸天。無罪見誅功不賞。孤魂流落此城邊。當昔秦王按劍起。諸侯膝行不敢視。富國強兵二十年。築怨興徭九千里。秦王築城何太愚。天實亡秦非北胡。一朝禍起蕭墻內。渭水咸陽不復都。

評曰：氣盛詞健，可稱邊塞詩人。

涼州詞（二首錄一）

葡萄美酒夜光杯。欲飲琵琶馬上催。醉臥沙場君莫笑。古來征戰幾人回。

評曰：此詩爲唐代名作。兵凶戰危，末句一語道破，而氣不衰颯，寓壯於慨，此大唐之所以能威振四夷也。

孟雲卿 河南人，一曰武昌人，第進士爲校書郎，與杜甫、元結友善，詩一卷，選一首。

寒食

二月江南花滿枝。他鄉寒食遠堪悲。貧居往往無煙火。不獨明朝爲子推。

評曰：他鄉貧居，百無聊賴，舊題推出新意。

張巡 蒲州河東人，開元末舉進士第三，以書判拔萃入等，天寶中爲眞源令。祿山之亂巡起兵討賊，後至睢陽，與太守許遠，嬰城固守，經年乏食，城陷死之。詩二首，選一首。

聞笛

岧嶤試一臨。虜騎附城陰。不辨風塵色。安知天地心。營開邊月近。戰苦陣雲深。旦夕更樓上。遙聞橫笛音。

評曰：可作戰史讀。而忠愛之心，躍然如見。

張抃 滑人，與張巡固守睢陽，城陷，死難者三十六人，抃其一也，詩一首，選一首。

題衡陽泗州寺

一水悠悠百粵通。片帆無奈信秋風。幾層峽浪寒春月。盡日江天雨打篷。漂泊漸搖青草外。鄉關誰念雪園東。未知今夜依何處。一點漁燈出葦叢。

評曰：雅麗俊逸，情文並茂。

孟浩然（六八九－七四〇）字浩然，襄陽人（現湖北省襄樊市），少隱鹿門山，年四十乃遊京師。常於太學賦詩，一坐嗟伏。與張九齡、王維爲忘形交。張九齡鎭荆州署爲從事。開元末疽發背卒。詩二卷，選十八首。

秋登蘭山寄張五

北山白雲裏。隱者自怡悅。相望試登高。心隨雁飛滅。愁因薄暮起。興是清秋發。時見歸村人。沙行渡頭歇。天邊樹若薺。江畔舟如月。何當載酒來。共醉重陽節。

評曰：深淺適度，急徐合規。此爲浩然詩之特致。

夏日南亭懷辛大

山光忽西落。池月漸東上。散髮乘夕涼。開軒臥閒敞。荷風送香氣。竹露滴清響。欲取鳴琴彈。恨無知音賞。感此懷故人。中宵勞夢想。

評曰：卽景生情，無一泛語。其句警音響處尤不易及。

宿業師山房期丁大不至

夕陽度西嶺。羣壑倏已暝。松月生夜涼。風泉滿清聽。樵人歸欲盡。煙鳥棲初定。之子期宿來。孤琴候蘿逕。

評曰：期待心情，流露無遺。全篇得一靜字妙締。

耶溪泛舟

落景餘清輝。輕橈弄溪渚。澄明愛水物。臨泛何容與。白首垂釣翁。新妝浣紗女。相看似相識。脈脈不得語。

評曰：就景生情，詞筆尤見錘鍊。

登鹿門山

清曉因興來。乘流越江峴。沙禽近方識。浦樹遙莫辨。漸至鹿門山。山明翠微淺。巖潭多屈曲。舟檝屢回轉。昔聞龐德公。採藥遂不返。金澗餌芝朮。石牀臥苔蘚。紛吾感耆舊。結攬事攀踐。隱迹今尚存。高風邈已遠。白雲何時去。丹桂空偃蹇。探討意味窮。回艇夕陽晚。

評曰：懷古情深，低徊不盡。

南歸阻雪

我行滯宛許。日夕望京豫。曠野莽茫茫。鄉山在何處。孤煙村際起。歸雁天邊去。積雪覆平皐。饑鷹捉寒兔。少年弄文墨。屬意在章句。十上恥還家。徘徊守歸路。

評曰：疏淡有致，結意尤多哀怨。

夜歸鹿門山歌

山寺鐘鳴晝已昏。漁梁渡頭爭渡喧。人隨沙路向江村。余亦乘舟歸鹿門。鹿門月照開煙樹。忽到龐公棲隱處。巖扉松徑長寂寥。惟有幽人夜來去。

評曰：清新俊逸，一句一意，此乃浩然之詩法。詩不謹嚴，而浪費筆墨者，可資領悟。

望洞庭湖贈張丞相

八月湖水平。涵虛混太淸。氣蒸雲夢澤。波撼岳陽城。欲濟無舟楫。端居恥聖明。坐觀垂釣者。徒有羨魚情。

評曰：此爲浩然五律成功之作。第二聯更可震鑠古今。

秦中感秋寄遠上人

一丘常欲臥。三徑苦無資。北土非吾願。東林懷我師。黃金然桂盡。壯志逐年衰。日夕涼風至。聞蟬但益悲。

評曰：浩然平生奮週，應有此什，惜過於蕭瑟耳。

宿桐廬江寄廣陵舊遊

山暝聞猿愁。滄江急夜流。風鳴兩岸葉。月照一孤舟。建德非吾土。維揚憶舊遊。還將兩行淚。遙寄海西頭。

評曰：此亦愁苦之什，但不如前首之悲觀。第二聯寫盡淒淸景色，看似易而實難。

留別王侍御維

寂寂竟何待。朝朝空自歸。欲尋芳草去。惜與故人違。當路誰相假。知音世所希。祇應守索寞。還掩故園扉。

評曰：失路告退，安然自得，敦厚恬淡中，自有君子之風。

廣陵別薛八

士有不得志。棲棲吳楚間。廣陵相遇罷。彭蠡泛舟還。檣出江中樹。波連海上山。風帆明日遠。何處更追攀。

評曰：第二聯造句奇特，第三聯奇景奇文。

與諸子登峴山

人事有代謝。往來成古今。江山留勝跡。我輩復登臨。水落魚梁淺。天寒夢澤深。羊公碑尙在。讀罷淚沾襟。

評曰：弔古慨今，百感蒼涼，自然流露，不着痕迹。能悟此者，可得三昧。

過故人莊

故人具鷄黍。邀我至田家。綠樹村邊合。青山郭外斜。開筵面場圃。把酒話桑麻。待到重陽日。還來就菊花。

評曰：此爲田家詩之上乘。

歲暮歸南山

北闕休上書。南山歸敝廬。不才明主棄。多病故人疎。白髮催年老。青陽逼歲除。永懷愁不寐。松月夜窗虛。

評曰：第二聯深藏無限辛酸。乃竟因此而致唐君不悅，洵詩人之不幸也。

歲除夜有懷

迢遞三巴路。羈危萬里身。亂山殘雪夜。孤燭異鄉人。漸與骨肉遠。轉於奴僕親。那堪正飄泊。來日歲華新。

評曰：旅泊苦況，中四句盡之矣。

春曉

春眠不覺曉。處處聞啼鳥。夜來風雨聲。花落知多少。

評曰：與李白牀前明月光之詩，同垂千古。

宿建德江

移舟泊煙渚。日暮客愁新。野曠天低樹。江清月近人。

評曰：末二句，不獨狀景工，境界亦高。

卷四

李白

李白（七〇一—七六二）字太白，隴西成紀人。涼武昭王暠九世孫。或曰山東人。或曰蜀人。天寶初至長安，賀知章見其文，歎曰：子謫仙人也。言於明皇，召見金鑾殿，奏頌一篇，帝賜食，親爲調羹。有詔供奉翰林，每與酒徒飲於市，帝坐沉香亭，意有所感，欲得白爲樂章，召入而白已醉，左右以水濆面，稍解，援筆成文，婉麗眞切，帝愛其才。常使高力士脫韡，力士素貴，恥之，摘其詩以激貴妃，帝欲官白，妃輒阻止。白因懇求還山，帝賜金放還。乃浪跡江湖，終日沉飲。永王璘都督江陵，辟爲僚佐。璘謀亂兵敗，白坐長流夜郎。會赦得還。族人陽冰爲當塗令，白往依之。代宗立以左拾遺召，而白已卒。詔以白詩歌，裴旻劍舞，張旭草書爲三絕云。集三十卷，詩二十五卷，計九百九十三首，選七十二首。

古風（錄一首）

大雅久不作。吾衰竟誰陳。王風委蔓草。戰國多荊榛。龍虎相啖食。兵戈逮狂秦。正聲何微茫。哀怨起騷人。楊馬激頹波。開流蕩無垠。廢興雖萬變。憲章亦已淪。自從建安來。綺麗不足珍。聖代復元古。垂衣貴清眞。群材屬休明。乘運共躍鱗。文質相炳煥。衆星羅秋旻。我志在刪述。垂輝暎千春。希聖如有立。絕筆於獲麟。

評曰：古風五十六首，皆雜感之詩。此係首篇爲提綱之作，論詩源流及其抱負。

遠別離

遠別離。古有皇英之二女。乃在洞庭之南。瀟湘之浦。海水直下萬里深。誰人不言此離苦。日慘慘兮雲冥冥。猩猩啼煙兮鬼嘯雨。我縱言之將何補。皇穹竊恐不照余之忠誠。雲憑憑兮欲吼怒。堯舜當之亦禪禹。君失臣兮龍爲魚。權歸臣兮鼠變虎。或言堯幽囚舜野死。九疑聯綿皆相似。重瞳孤墳竟何是。帝子泣兮綠雲間。隨風波兮去無還。慟哭兮遠望。見蒼梧之深山。蒼梧山崩湘水絕。竹上之淚乃可滅。

評曰：太白詩意高志廣，骨秀神雋，信口吟來，自然橫絕，拓開浪漫詩派之境界。其長短歌行及樂府，尤爲浪漫詩派之代表作。奇特處多見首而不見尾，聲東而擊衝在西，不落蹊徑，不可捉摸，間插警絕語句，使人盪氣廻腸。宜人皆以仙才目之，但若才不及而率意學習，即陷於邯鄲學步矣。此篇富於騷意，君失臣兮二句，感慨甚深。必有所寄託，非徒作也。

蜀道難

噫吁戲危乎高哉。蜀道之難難於上青天。蠶叢及魚鳧。開國何茫然。爾來四萬八千歲。不與秦塞通人煙。西當太白有鳥道。可以橫絕峨眉巔。地崩山摧壯士死。然後天梯石棧相鉤連。上有六龍回日之高標。下有衝波逆折之回川。黃鶴之飛尚不得過。猿猱欲度愁攀援。青泥何盤盤。百步九折縈巖巒。捫參歷井仰脅息，以手撫膺坐長歎。問君西遊何時還。畏途巉巖不可攀。但見悲鳥號古木。雄飛雌從繞林間。又聞子規啼。夜月愁空山。蜀道之難難於上青天。使人聽此凋朱顏。連峯去天不盈尺。枯松倒挂倚絕壁。飛湍瀑流爭喧豗。砅崖轉石萬壑雷。其險也如此。嗟爾遠道之人胡爲乎來哉。劍閣崢嶸而崔嵬。一夫當關萬夫莫開。所守或匪親。化爲狼與豺。朝避猛虎。夕避長蛇。磨牙吮血。殺人如麻。錦城雖云樂。不如早還家。蜀道之難難於上青天。側身西望長咨嗟。

評曰：立意在敍川蜀之險，而無一俗語。「蜀道之難難於上青天」凡三見，而不嫌複疊，眞大手筆。

戰城南

去年戰桑乾源。今年戰葱河道。洗兵條支海上波。放馬天山雪中草。萬里長征戰。三軍盡衰老。匈奴以殺戮爲耕作。古來唯見白骨黃沙田。秦家築城避胡處。漢家還有烽火然。烽火然不息。征戰無已時。野戰格鬥死。敗馬號鳴向天悲。烏鳶啄人腸。銜飛上掛枯樹枝。士卒塗草莽。將軍空爾爲。乃知兵者是凶器。聖人不得已而用之。

評曰：充滿非戰思想，脫胎古樂府，又爲以文爲詩之祖。

將進酒

君不見黃河之水天上來。奔流到海不復迴。君不見高堂明鏡悲白髮。朝如青絲暮成雪。人生得意須盡歡。莫使金樽空對月。天生我材必有用。千金散盡還復來。烹羊宰牛且爲樂。會須一飲三百杯。岑夫子。丹丘生。將進酒。杯莫停。與君歌一曲。請君爲我側耳聽。鐘鼓饌玉不足貴。但願長醉不願醒。古來聖賢皆寂寞。惟有飲者留其名。陳王昔時宴平樂。斗酒十千恣歡謔。主人何爲言少錢。徑須沽取對君酌。五花馬。千金裘。呼兒將出換美酒。與爾同銷萬古愁。

評曰：寫出醉仙本色。「但願長醉不願醒」是太白之遺世哲學。源自陶公，而更過之。

行路難（三首）

金樽清酒斗十千。玉盤珍羞直萬錢。停杯投筯不能食。拔劍四顧心茫然。欲渡黃河冰塞川。將登太行雪滿山。閒來垂釣碧溪上。忽復乘舟夢日邊。行路難。行路難。多歧路。今安在。長風破浪會有時。直掛雲帆濟滄海。

大道如青天，我獨不得出。羞逐長安社中兒。赤雞白狗賭梨栗。彈劍作歌奏苦聲。曳裾王門不稱情。淮陰市井笑韓信。漢朝公卿忌賈生。君不見昔時燕家重郭隗。擁篲折節無嫌猜。劇辛樂毅感恩分。輸肝剖膽效英才。昭王白骨縈蔓草。誰人更掃黃金臺。行路難。歸去來。

有耳莫洗潁川水。有口莫食首陽蕨。含光混世貴無名。何用孤高比雲月。吾觀自古賢達人。功成不退皆殞身。子胥既棄吳江上。屈原終投湘水濱。陸機雄才豈自保。李斯稅駕苦不早。黃亭鶴唳詎可聞。上蔡蒼鷹何足道。君不見吳中張翰稱達生。秋風忽憶江東行。且樂生前一杯酒。何須身後千載名。

評曰：首篇重點在「行路難」，「多歧路」，其末二句，尙富有希望。次篇重點在「誰人更掃黃金臺」仕途希望已成幻影，末篇重點在「功成不退皆殞身。」只有見幾而作，不俟終日矣。詞雖高亢而情實悲切。蓋深慨夫奇才用世之啬遇也。

長相思

長相思。在長安。絡緯秋啼金井闌。微霜淒淒簟色寒。孤燈不明思欲絕。卷帷望月空長歎。美人如花隔雲端。上有青冥之長天。下有淥水之波瀾。天長路遠魂飛苦。夢魂不到關山難。長相思。摧心肝。

評曰：仙風道骨，不見纖塵。

上留田行

行至上留田。孤墳何崢嶸。積此萬古恨。春草不復生。悲風四邊來。腸斷白楊聲。借問誰家地。埋沒蒿里塋。古老向余言。言是上留田。蓬科馬鬣今已平。昔之弟死兄不葬。他人於此舉銘旌。一鳥死百鳥鳴。一獸走百獸驚。桓山之禽別離苦。欲去迴翔不能征。田氏倉卒骨肉分。青天白日摧紫荊。交柯之木本同形。東枝顦顇西枝榮。無心之物尚如此。參商胡乃尋天兵。孤竹延陵。讓國揚名。高風緬邈。頹波激清。尺布之謠塞耳不能聽。

評曰：重點在敦重兄弟友于之情，而以警絕之語，言參商之非。末段詞句推重昔賢。如此論道詩而能不迂，洵非仙才莫辦。

箜篌謠

攀天莫登龍。走山莫騎虎。貴賤結交心不移。唯有嚴陵及光武。周公稱大聖。管蔡寧相容。漢謠一斗粟。不與淮南春。兄弟尙路人。吾心安所從。他人方寸間。山海幾千重。輕言託朋友。對面九疑峯。開花必早落。桃李不如松。管鮑久已死。何人繼其蹤。

評曰：親者不失其爲親，故者不失其爲故，君子待人以厚道。讀此詩使人三歎，彌興嚶鳴之思。

日出行

日出東方隈。似從地底來。歷天又入海。六龍所舍安在哉。其始與終古不息。人非元氣安得與之久徘徊。草不謝榮於春風。木不怨落於秋天。誰揮鞭策驅四運。萬物興歇皆自然。羲和羲和。汝奚汨沒於荒淫之波。魯陽何德。駐景揮戈。逆道違天。矯誣實多。吾將囊括大塊。浩然與溟涬同科。

評曰：以此種筆墨爲詩，唯謫仙能之，可讀而不可學也。

關山月

明月出天山。蒼茫雲海間。長風幾萬里。吹度玉門關。漢下白登道。胡窺靑海灣。由來征戰地。不見有人還。戍客望邊色。思歸多苦顏。高樓當此夜。歎息未應閒。

評曰：聲調高亢，氣勢雄壯。

獨漉篇

獨漉水中泥。水濁不見月。不見月尙可。水深行人沒。越鳥從南來。胡鷹亦北渡。我欲彎弓向天射。惜其中道失歸路。落葉別樹。飄零隨風。客無所托。悲與此同。羅幃舒卷。似有人開。明月直入。無心可猜。雄劍挂壁。時時龍鳴。不斷犀象。繡澀苔生。國恥未雪。何由成名。神鷹夢澤。不顧鴟鳶。爲君一擊。鵬摶九天。

評曰：此詩之奇特處，在後半段之四字句。意境高超，思想奇異。遣詞運筆，似有神助，非太白仙才，不克爲此。後人鮮能學步。

白頭吟

錦水東北流。波蕩雙鴛鴦。雄巢漢宮樹。雌弄秦草芳。寧同萬死碎綺翼。不忍雲間兩分張。此時阿嬌正嬌妬。獨坐長門愁日暮。但願君恩顧妾深。豈惜黃金買詞賦。相如作賦得黃金。丈夫好新多異心。一朝將聘茂陵女。文君因贈白頭吟。東流不作西歸水。落花辭條羞故林。兎絲固無情。隨風任傾倒。誰使女蘿枝。而來強縈抱。兩草猶一心。人心不如草。莫卷龍鬚席。從他生網絲。且留琥珀枕。或有夢來時。覆水再收豈滿杯。棄妾已去難重迴。古來得意不相負。祇今惟見青陵臺。

評曰：白頭吟詩多矣，此作獨多警語。而意甚敦厚悱惻。

長干行（二首）

妾髮初覆額。折花門前劇。郎騎竹馬來。遶牀弄青梅。同居長干里。兩小無嫌猜。十四爲君婦。羞顏未嘗開。低頭向暗壁。千喚不一迴。十五始展眉。願同塵與灰。常存抱柱信。豈上望夫臺。十六君遠行。瞿塘灩澦堆。五月不可觸。猿聲天上哀。門前遲行跡。一一生綠苔。苔深不能掃。落葉秋風早。八月蝴蝶來。雙飛西園草。感此傷妾心。坐愁紅顏老。早晚下三巴。預將書報家。相迎不道遠。直至長風沙。

憶妾深閨裏。煙塵不曾識。嫁與長干人。沙頭候風色。五月南風興。思君下巴陵。八月西風起。想君發揚子。去來悲如何。見少離別多。湘潭幾日到。妾夢越風波。昨夜狂風度。吹折江頭樹。淼淼暗無邊。行人在何處。好乘浮雲驄。佳期蘭渚東。鴛鴦綠蒲上。翡翠錦屏中。自憐十五餘。顏色桃花紅。那作商人婦。愁水復愁風。

評曰：柔情怨意，恍如小女子之心聲。其纏綿悱惻處，使人低徊不置。

妾薄命

漢帝寵阿嬌。貯之黃金屋。咳唾落九天。隨風生珠玉。寵極愛還歇。妬深情却疏。長門一步地。不肯暫迴車。雨落不上天。水覆難再收。君情與妾意。各自東西流。昔日芙蓉花。今成斷根草。以色事他人。能得幾時好。

評曰：全篇重點，在末二語，餘亦警絕。

春思

燕草如碧絲。秦桑低綠枝。當君懷歸日。是妾斷腸時。春風不相識。何事入羅幃。

評曰：發乎情，止乎禮。正風敦俗詩教也。

子夜吳歌（四首）

春歌

秦地羅敷女。採桑綠水邊。素手青條上。紅妝白日鮮。蠶飢妾欲去。五馬莫留連。

夏歌

鏡湖三百里。菡萏發荷花。五月西施採。人看隘若耶。回舟不待月。歸去越王家。

秋歌

長安一片月。萬戶擣衣聲。秋風吹不盡。總是玉關情。何日平胡虜。良人罷遠征。

冬歌

明朝驛使發。一夜絮征袍。素手抽針冷。那堪把剪刀。裁縫寄遠道。幾日到臨洮。

評曰：針對四季景象着筆，旨意嫺雅，詞句鍛鍊，而毫無做作與拘束，學太白詩，當悟此三昧。

襄陽歌

落日欲沒峴山西。倒着接䍦花下迷。襄陽小兒齊拍手。攔街爭唱白銅鞮。傍人借問笑何事。笑殺山翁醉似泥。鸕鷀杓。鸚鵡杯。百年三萬六千日。一日須傾三百杯。遙看漢水鴨頭綠。恰是葡萄初醱醅。此江若變作春酒。壘麴便築糟丘臺。千金駿馬換小妾。笑坐雕鞍歌落梅。車傍側挂一壺酒。鳳笙龍管行相催。咸陽市中歎黃犬。何如月下傾金罍。君不見晉朝羊公一片石。龜頭剝落生莓苔。淚亦不能爲之墮。心亦不能爲之哀。清風朗月不用一錢買。玉山自倒非人推。舒州杓。力士鐺。李白與爾同死生。襄王雲雨今安在。江水東流猿夜聲。

評曰：此詩敍述襄陽境界，飲酒情緒，詞旨初似平平。惟至「君不見」以下，突作翻案語，下筆如有神助，詩遂不同凡響。

江上吟

木蘭之枻沙棠舟。玉簫金管坐兩頭。美酒尊中置千斛。載妓隨波任去留。仙人有待乘黃鶴。海客無心隨白鷗。屈平詞賦懸日月。楚王臺榭空山丘。興酣落筆搖五嶽。詩成笑傲凌滄洲。功名富貴若長在。漢水亦應西北流。

評曰：興酣落筆，笑傲成詩，上下古今，目無餘子，爲太白寫作時之寫眞，宜有謫仙之譽。

上皇西巡南京歌（南京爲蜀郡）（十首錄二）

誰道君王行路難。六龍西幸萬人歡。地轉錦江成渭水。天迴玉壘作長安。

劍閣重關蜀北門。上皇歸馬若雲屯。少帝長安開紫極。雙懸日月照乾坤。

評曰：處處爲上皇抬高身份，亦忠愛之至也。

峨眉山月歌

峨眉山月半輪秋。影入平羌江水流。夜發淸溪向三峽。思君不見下渝州。

評曰：秀雅晶瑩，有如峨眉山月。一詩四句，用四地名，而不覺堆砌，反多情致，若非仙才不可及也。

贈孟浩然

吾愛孟夫子，風流天下聞。紅顏棄軒冕。白首臥松雲。醉月頻中聖。迷花不事君。高山安可仰。徒此揖清芬。

評曰：中四句言浩然之清風亮節，起末二聯，極表推許。與杜老贈白也一首相似。昔賢愛友而不自滿如此。此李杜之所以爲李杜也。

巴陵贈賈舍人

賈生西望憶京華。湘浦南遷莫怨嗟。聖主恩深漢文帝。憐君不遣到長沙。

評曰：此賈舍人乃是賈至，以比賈誼，切人亦切題，而翻謂不遣長沙，蓋爲君父諱，亦忠愛之道也。

贈汪倫

李白乘舟將欲行。忽聞岸上踏歌聲。桃花潭水深千尺。不及汪倫送我情。

評曰：平淡直率，不事雕飾，反見其工。乃龍眠白描法也。

望終南山寄紫閣隱者

出門見南山。引領意無限。秀色難爲名。蒼翠日在眼。有時白雲起。天際自舒卷。心中與之然。託興每不淺。何當造幽人。滅跡棲絕巘。

評曰：意境超脫，詞筆卓絕。

聞王昌齡左遷龍標遙有此寄

楊花落盡子規啼。聞道龍標過五溪。我寄愁心與明月。隨風直到夜郎西。

評曰：同病直憐同病客，傷心遙寄傷心人。類此之作，惟元稹「殘燈無燄」一首，可以相比。

寄王屋山人孟大融

我昔東海上。勞山餐紫霞。親見安期公。食棗大如瓜。中年謁漢主。不愜還歸家。朱顏謝春輝。白髮見生涯。所期就金液。飛步登雲車。願隨夫子天壇上。閒與仙人掃落花。

評曰：餐紫霞，食大瓜，就金液，登雲車，閒與天壇仙人，同掃落花，千秋萬世，應稱詩仙大家。

別儲邕之剡中

借問剡中道。東南指越鄉。舟從廣陵去。水入會稽長。竹色溪下綠。荷花鏡裏香。辭君向天姥。拂石臥秋霜。

評曰：起二句甚平淡。第二聯造句，似拙而活。第三聯詞簡意繁，用一鏡字，暗寓鏡湖，第七句推向天姥，使意不盡，便覺有力。結句尤爲警絕。

金陵酒肆留別

風吹柳花滿店香。吳姬壓酒勸客嘗。金陵子弟來相送。欲行不行各盡觴。請君試問東流水。別意與之誰短長。

評曰：情意纏綿不盡，第二句壓字工絕。吳姬當鑪姿態，栩然自活。

黃鶴樓送孟浩然之廣陵

故人西辭黃鶴樓。煙花三月下揚州。孤帆遠影碧山盡。唯見長江天際流。

評曰：清明朗潤，自然逸雅。

渡荊門送別

渡遠荊門外。來從楚國遊。山隨平野盡。江入大荒流。月下飛天鏡。雲生結海樓。仍連故鄉水。萬里送行舟。

評曰：首末二聯點題，二三聯狀景。「渡遠」「仍連」前後呼應，用字造句皆工。

送羽林陶將軍

將軍出使擁樓船。江上旌旗拂紫煙。萬里橫戈探虎穴。三杯拔劍舞龍泉。莫道詞人無膽氣。臨行將贈繞朝鞭。

評曰：萬里二句，工整有力。惟劍與龍泉，似嫌重複。送人遠征而用繞朝典故，似不敬，亦不切。杜老即無此失。

送友人

青山橫北郭。白水遶東城。此地一爲別。孤蓬萬里征。浮雲遊子意。落日故人情。揮手自茲去。蕭蕭班馬鳴。

評曰：離情別意，洋溢於字裏行間。在唐人五律中，可稱成功之作。

送友人入蜀

見說蠶叢路。崎嶇不易行。山從人面起。雲傍馬頭生。芳樹籠秦棧。春流遶蜀城。升沉應已定。不必問君平。

評曰：全篇不離蜀中景物，第二聯爲名句。右二首可見太白詩之眞功夫。

宣州謝朓樓餞別校書叔雲

棄我去者昨日之日不可留。亂我心者今日之日多煩憂。長風萬里送秋雁。對此可以酣高樓。蓬萊文章建安骨。中間小謝又清發。俱懷逸興壯思飛。欲上青天覽日月。抽刀斷水水更流。舉杯銷愁愁更愁。人生在世不稱意。明朝散髮弄扁舟。

評曰：愁思無限，寄慨遙遠。

山中問答

問余何事栖碧山。笑而不答心自閒。桃花流水窅然去。別有天地非人間。

答湖州迦葉司馬問白是何人

青蓮居士謫仙人。酒肆藏名三十春。湖州司馬何須問。金粟如來是後身。

評曰：右二首別有天地，別有身份，不亢不卑，亦眞亦幻。然除太白外，他人不可幾也。

下終南山過斛斯山人宿置酒

暮從碧山下。山月隨人歸。却顧所來徑。蒼蒼橫翠微。相攜及田家。童稚開荊扉。綠竹入幽徑。青蘿拂行衣。歡言得所憩。美酒聊共揮。長歌吟松風。曲盡河星稀。我醉君復樂。

陶然共忘機。

評曰：直敍而不呆板，句句刻劃深入，自有靜趣，亦是佳構。

春日遊羅敷潭

行歌入谷口。路盡無人躋。攀崖度絕壑。弄水尋迴溪。雲從石上起。客到花間迷。淹留未盡興。日落群峯西。

評曰：中四句奇特別緻。盡字重見，路盡可易爲路斷。

登金陵鳳凰臺

鳳凰臺上鳳凰遊。鳳去臺空江自流。吳宮花草埋幽徑。晉代衣冠成古丘。三山半落青天外。二水中分白鷺洲。總爲浮雲能蔽日。長安不見使人愁。

評曰：此詩全脫胎崔顥黃鶴樓詩。前兩句脫胎黃鶴樓詩前四句。二三聯脫胎黃鶴樓詩第二聯，兩詩末聯完全逼似。青出於藍，而勝於藍，誰信崔氏題詩上頭，遂使太白擱筆。

望廬山瀑布水（二首）

西登香爐峰。南見瀑布水。挂流三百丈。噴壑數十里。歘如飛電來。隱若白虹起。初驚河漢落。半灑雲天裏。仰觀勢轉雄。壯哉造化功。海風吹不斷。江月照還空。空中亂潨射。左右洗青壁。飛珠散輕霞。流沫沸穹石。而我樂名山。對之心益閒。無論漱瓊液。還得洗塵顏。且諸宿所好。永遠辭人間。

日照香爐生紫煙。遙看瀑布挂前川。飛流直下三千尺。疑是銀河落九天。

評曰：詠瀑布詩多不見佳，此二首則尙佼佼不同於凡庸。然蘇子瞻入廬山，譏徐凝惡詩，亦不言及太白之作，意者心有所慊乎？

望天門山

天門中斷楚江開。碧水東流至北迴。兩岸青山相對出。孤帆一片日邊來。

評曰：白描淡寫而入木三分。四句全咏景，而情在其中。

過崔八丈水亭

高閣橫秀氣。清幽併在君。簷飛宛溪水。窗落敬亭雲。猿嘯風中斷。漁歌月裏聞。閒隨白鷗去。沙上自爲群。

評曰：太白詩以清雋超逸勝，不僅此篇已也。

上三峽

巫山夾青天。巴水流若茲。巴水忽可盡。青天無到時。三朝上黃牛。三暮行太遲。三朝又三暮。不覺鬢成絲。

評曰：從「三朝三暮，黃牛如故。」之諺，蛻化而詠蜀道之難，情見乎詞。

早發白帝城

朝辭白帝彩雲間。千里江陵一日還。兩岸猿聲啼不盡。輕舟已過萬重山。

評曰：太白七絕，輕靈警絕，兼而有之，前章言上水之難，此章言下水之速，而旅思詩情與畫意，自然躍出，此所謂妙筆也！

秋下荊門

霜落荊門江樹空。布帆無恙挂秋風。此行不爲鱸魚鱠。自愛名山入剡中。

評曰：清新逸雅，瀟灑出塵。

江行寄遠

刳木出吳楚。危槎百餘尺。疾風吹片帆。日暮千里隔。別時酒猶在。已爲異鄉客。思君不可得。愁見江水碧。

評曰：江行遠別，交代明晰。旅思無窮，友誼不盡。語甚率直而眞摯。

越中覽古

越王勾踐破吳歸。義士還家盡錦衣。宮女如花滿春殿。只今惟有鷓鴣飛。

評曰：前三句都寫戰勝歸國氣象。而寄慨於末句，此絕句另一法也。

經下邳圯橋懷張子房

子房未虎嘯。破產不爲家。滄海得壯士。椎秦博浪沙。報韓雖不成。天地皆振動。潛匿遊下邳。豈曰非智勇。我來圯橋上。懷古欽英風。惟見碧流水。曾無黃石公。歎息此人去。蕭條徐泗空。

評曰：雖無特致，尚見工穩。

姑孰十詠（錄二）

姑孰溪

愛此溪水閒。乘流興無極。漾檝怕鷗驚。垂竿待魚食。波飜曉霞影。岸疊春山色。何處浣紗人。紅顏未相識。

丹陽湖

湖與元氣連。風波浩難止。天外賈客歸。雲間片帆起。龜遊蓮葉上。鳥宿蘆花裏。少女櫂歸舟。歌聲逐流水。

評曰：姑孰十詠，皆字錘句鍊，具見工夫，選二首以示範。

尋雍尊師隱居

群峭碧摩天。逍遙不記年。撥雲尋古道。倚石聽流泉。花暖青牛臥。松高白鶴眠。語來江色暮。獨自下寒煙。

評曰：有煙霞味，無塵世語。

與史郎欽聽黃鶴樓上吹笛

一為遷客去長沙。西望長安不見家。黃鶴樓中吹玉笛。江城五月落梅花。

評曰：遷客聞笛，感應不同。含蓄不露，具見修養，不僅詩之精美已也。

獨坐敬亭山

衆鳥高飛盡。孤雲獨去閒。相看兩不厭。只有敬亭山。

自遣

對酒不覺暝。落花盈我衣。醉起步溪月。鳥還人亦稀。

評曰：右二詩風格筆調近似。似直而徐，似澀而潤，其工夫在於有味外味，亦卽所謂「詩境」也。

訪戴天山道士不遇

犬吠水聲中。桃花帶雨濃。樹深時見鹿。溪午不聞鐘。野竹分青靄。飛泉掛碧峰。無人知所去。愁倚兩三松。

評曰：道士居境，刻劃入詩。清氣仙風，沁人肺腑。

聽蜀僧濬彈琴

蜀僧抱綠綺。西下峨眉峰。為我一揮手。如聽萬壑松。客心洗流水。餘響入霜鐘。不覺碧山暮。秋雲暗幾重。

評曰：流利爽朗，靈秀獨鍾。

題元丹丘山居

故人棲東山。自愛丘壑美。青春臥空林。白日猶不起。松風清襟袖。石潭洗心耳。羨君無紛喧。高枕碧霞裏。

評曰：太白山水詩多幽美，此篇獨質而無文。

勞勞亭

天下傷心處。勞勞送客亭。春風知別苦。不遣柳條青。

評曰：下半另翻新意，與衆不同。

春夜洛城聞笛

誰家玉笛暗飛聲。散入春風滿洛城。此夜曲中聞折柳。何人不起故園情。

評曰：如怨如慕，如泣如訴。

三五七言

秋風清。秋月明。落葉聚還散。寒鴉棲復驚。相思相見知何日。此時此夜難爲情。

評曰：錄之以存一體，詩亦哀怨感人。

陌上贈美人

駿馬驕行踏落花。垂鞭直拂五雲車。美人一笑褰珠箔。遙指紅樓是妾家。

評曰：全篇結晶在最後一句。宛然可以入畫。

怨情

美人捲珠簾。深坐顰蛾眉。但見淚痕濕。不知心恨誰。

評曰：初看無甚意義，再思含義深長。

胡無人

十萬羽林兒。臨洮破郅支。殺添胡地骨。降足漢營旗。塞闊牛羊散。兵休帳幕移。空餘隴頭水。嗚咽向人悲。

評曰：看似一首五律，第七句頭字應仄而平，太白律詩如此情形頗多，而又與拗體不同，用意當爲求句美，故不遷就韻律。以此作爲解釋，可學與不可學之間，讀者當自悟之。

卷五

韋應物

（七三六—八三〇？）京兆長安（現陝西省西安市）人，少以三衞郎事明皇，晚更折節讀書。永泰中授京兆功曹。累官至蘇州刺史。性高潔，所在焚香掃地而坐。其詩閒澹簡遠，人比之陶潛，以陶、韋並稱。詩十卷。五百五十七首。選十七首。

淮上喜會梁川故人

江漢曾爲客。相逢每醉還。浮雲一別後。流水十年間。歡笑情如舊。蕭疎鬢已斑。何因不歸去。淮上對秋山。

評曰：其情殷勤懇摯，其詩清澹閒遠；第二聯流水對。使人愛讀。

自鞏洛舟行入黃河卽事寄府縣僚友

夾水蒼山路向東。東南山豁大河通。寒樹依微遠天外。夕陽明滅亂流中。孤邨幾歲臨伊岸。一雁初晴下朔風。爲報洛橋遊宦侶。扁舟不繫與心同。

評曰：中四句工穩整潔。

初發揚子寄元大校書

悽悽去親愛。泛泛入煙霧。歸棹洛陽人。殘鐘廣陵樹。今朝此爲別。何處還相遇。世事波上舟。沿洄安得住。

評曰：澹遠俊逸，無一閒語。

寄李儋元錫

去年花裏逢君別。今日花開已一年。世事茫茫難自料。春愁黯黯獨成眠。身多疾病思田里。邑有流亡愧俸錢。聞道欲來相問訊。西樓望月幾迴圓。

評曰：原爲俗意俗語，一經點綴，便成佳製。第六句，仁者之言藹如也。

寄全椒山中道士

今朝郡齋冷。忽念山中客。澗底束荊薪。歸來煑白石。欲持一瓢酒。遠慰風雨夕。落葉滿空山。何處尋行跡。

評曰：隨意漫寫而刻劃入神，非大家莫辦。

秋夜寄丘二十二員外

懷君屬秋夜。散步詠涼天。山空松子落。幽人應未眠。

評曰：清遠簡淡，韻味悠揚。

休暇日訪王侍御不遇

九日驅馳一日閒。尋君不遇又空還。怪來詩思清人骨。門對寒流雪滿山。

評曰：韋稱王侍御詩清而寒，吾謂韋詩清而不寒，更勝一籌。

夕次盱眙縣

落帆逗淮鎮。停舫臨孤驛。浩浩風起波。冥冥日沉夕。人歸山郭暗。雁下蘆洲白。獨夜憶秦關。聽鐘未眠客。

評曰：夕次景況，刻劃深入。人歸二句錘鍊，非凡手可幾。

出還

昔出喜還家。今還獨傷意。入室掩無光。銜哀寫虛位。悽悽動幽幔。寂寂驚寒吹。幼女復何知。時來庭下戲。咨嗟日復老。錯莫身如寄。家人勸我飡。對案空垂淚。

評曰：至情直發，悽惻動人。

悲紈扇

非關秋節至。詎是恩情改。掩嚬人已無。委篋涼空在。何言永不發。暗使銷光彩。

評曰：詞意翻新，不落舊徑。

至開化里壽春公故宅

寧知府中吏。故宅一徘徊。歷階存往敬。瞻位泣餘哀。廢井沒荒草。陰牖生綠苔。門前車馬散。非復昔時來。

評曰：盛衰興廢，古今同慨。

觀田家

微雨衆卉新。一雷驚蟄始。田家幾日閒。耕種從此起。丁壯俱在野。場圃亦就理。歸來景常晏。飲犢西澗水。飢劬不自苦。膏澤且爲喜。倉廩無宿儲。徭役猶未已。方慚不耕者。

祿食出閭里。

評曰：可媲美王維渭川田家。後四句與「邑有流亡愧俸錢」同爲仁者之言也。

同韓郎中庭南望秋景

朝下抱餘素。地高心本閒。如何趨府客。罷秩見秋山。疎樹共寒意。遊禽同暮還。因君悟淸景。西望一開顏。

評曰：疎樹二句別有風致。

滁州西澗

獨憐幽草澗邊生。上有黃鸝深樹鳴。春潮帶雨晚來急。野渡無人舟自橫。

評曰：每句看似言景，實是言情。幽雅淡遠，尤不可及。

山耕叟

蕭蕭垂白髮。默默詎知情。獨放寒林燒。多尋虎跡行。暮歸何處宿。來此空山耕。

上方僧

見月出東山。上方高處禪。空林無宿火。獨夜汲寒泉。不下藍溪寺。今來三十年。

煙際鐘

隱隱起何處。迢迢送落暉。蒼茫隨思遠。蕭散逐煙微。秋野寂云晦。望山僧獨歸。

評曰：右三首體製詞筆相同，用意亦甚近似。簡鍊深入，初學應多效擬。

張謂字正言，河南人，天寶二年登進士第。乾元中爲尚書郎。大曆間官至禮部侍郎，三典貢舉。詩一卷。選八首。

送裴侍御歸上都

楚地勞行役。秦城罷鼓鼙。舟移洞庭岸。路出五陵谿。江月隨人影。山花趁馬蹄。離魂將別夢。先已到關西。

道林寺送莫侍御

何處堪留客。香林隔翠微。薜蘿通驛騎。山竹掛朝衣。霜引臺烏集。風驚塔雁飛。飲茶勝飲酒。聊以送將歸。

評曰：右二首皆贈行餞別之作，詞筆雅馴，不落俗套。

同王徵君湘中有懷（一作嚴維詩）

八月洞庭秋。瀟湘水北流。還家萬里夢。爲客五更愁。不用開書帙。偏宜上酒樓。故人京洛滿。何日復同遊。

評曰：全篇工整，第二聯感慨尤多。

春園家宴

南園春色正相宜。大婦同行少婦隨。竹裏登樓人不見。花間覓路鳥先知。櫻桃解結垂簷子。楊柳能低入戶枝。山簡醉來歌一曲。參差笑殺郢中兒。

西亭子言懷

數叢芳草在堂陰。幾處閒花映竹林。攀樹玄猿呼郡吏。傍谿白鳥應家禽。青山看景知高下。流水聞聲覺淺深。官屬不令拘禮數。時時緩步一相尋。

評曰：右二首爲官居即事之詩，巧異深入，精細近情。

題長安壁主人

世人結交須黃金。黃金不多交不深。縱令然諾暫相許。終是悠悠行路心。

評曰：重利忘義，古今同慨，此詩以二十八字盡之。

長沙失火後戲題蓮花寺

金園寶剎半長沙。燒刼旁延一萬家。樓殿縱隨煙焰去。火中何處出蓮花。

評曰：熟鍊靈活，筆隨意到。

早梅

一樹寒梅白玉條。迥臨村路傍谿橋。不知近水花先發。疑是經春雪未消。

評曰：前兩句言梅，後兩句言早。

岑參（七一五—七七〇）南陽（現屬河南省）人，少孤貧篤學。登天寶三載進士。官至嘉州刺史。終於蜀。詩四卷，四百九十三首，選十二首。

峨眉東脚臨江聽猿懷二室舊廬

峨眉煙翠新。昨夜秋雨洗。分明峰頭樹。倒揷秋江底。久別二室間。圖他五斗米。哀猿不可聽。北客欲流涕。

評曰：峨眉天下秀，指雨後而言，久居峨眉，始能了解。詩峭拔有力。

白雪歌送武判官歸京

北風捲地白草折。胡天八月卽飛雪。忽然一夜春風來。千樹萬樹梨花開。散入珠簾濕羅幕。狐裘不暖錦衾薄。將軍角弓不得控。都護鐵衣冷難着。瀚海闌干百丈冰。愁雲黲淡萬里凝。中軍置酒飲歸客。胡琴琵琶與羌笛。紛紛暮雪下轅門。風掣紅旗凍不翻。輪臺東門送君去。去時雪滿天山路。山迴路轉不見君。雪上空留馬行處。

走馬川行奉送出師西征

君不見走馬川行雪海邊。平沙莽莽黃入天。輪臺九月風夜吼。一川碎石大如斗。隨風滿地石亂走。匈奴草黃馬正肥。金山西見煙塵飛。漢家大將西出師。將軍金甲夜不脫。半夜軍行戈相撥。風頭如刀面如割。馬毛帶雪汗氣蒸。五花連錢旋作冰。幕中草檄硯水凝。虜騎聞之應膽懾。料知短兵不敢接。車師西門佇獻捷。

評曰：岑參稱爲邊塞詩人，右二首可爲其代表作。

漁父

扁舟滄浪叟。心與滄浪清。不自道鄉里。無人知姓名。朝從灘上飯。暮向蘆中宿。歌竟還復歌。手持一竿竹。竿頭釣絲長丈餘。鼓枻乘流無定居。世人那得識深意。此翁取適非取魚。

評曰：漁父生活、胸襟，橫溢行間。

與鄠縣羣官泛渼陂

萬頃浸天色。千尋窮地根。舟移城入樹。岸濶水浮村。閒鷺驚簫管。潛蚪傍酒樽。暝來呼小吏。列火儼歸軒。

評曰：字斟句酌，一字不苟。第二聯尤佳。

題山寺僧房

窗影搖羣木。牆陰載一峰。野爐風自爇。山碓水能舂。勤學翻知誤。爲官好欲慵。高僧暝不見。月出但聞鐘。

評曰：前半狀景眞切，第三聯有新領悟。

漢上題韋氏莊

結茅聞楚客。卜築漢江邊。日落數歸鳥。夜深聞扣舷。水痕侵岸柳。山翠借厨煙。調笑提筐婦。春來蠶幾眠。

評曰：中四句特工，第六句借字，爲詩之法眼，結聯亦妙。

初授官題高冠草堂

三十始一命。宦情多欲闌。自憐無舊業。不敢恥微官。澗水吞樵路。山花醉藥欄。祇緣五斗米。辜負一漁竿。

評曰：胸襟澹遠，坦誠無欺。吞字醉字鍊字法。

奉和相公發益昌

相公臨戎別帝京。擁麾持節遠橫行。朝登劍閣雲隨馬。夜渡巴江雨洗兵。山花萬朵迎征蓋。川柳千條拂去旌。暫到蜀城應計日。須知明主待持衡。

評曰：堂皇富麗，工整安詳。

山房春事（二首錄一）

梁園日暮亂飛鴉。極目蕭條三兩家。庭樹不知人去盡。春來還發舊時花。

評曰：前二句言衰落，後二句反擊，意更深遠，筆奪造化。

逢入京使

故園東望路漫漫。雙袖龍鍾淚不乾。馬上相逢無紙筆。憑君傳語報平安。

評曰：在平實眞樸中見其筆力。

磧中作

走馬西來欲到天。辭家見月兩回圓。今夜不知何處宿。平沙萬里絕人煙。

評曰：清朗嫺淡。右三首在唐七絕中，可稱上乘。

高適（七〇二？—七六五）字達夫，渤海蓨（現河北省滄縣）人。初爲封丘尉，不得志，去遊河右，哥舒翰表爲左驍衛兵曹，掌書記，進左拾遺，轉監察御史。潼關失守，奔赴行在，擢諫議大夫，節度淮南。後出爲蜀彭二州刺史，進成都尹，劍南西川節度使，召爲刑部侍郎，轉散騎常侍，封渤海縣侯，永泰二年卒，贈禮部尚書，謚曰忠。達夫氣質非凡，詩格甚高，爲邊塞詩派之主將，七言古詩之干城。詩四卷，二百三十七首，選二十一首。

古大梁行

古城莽蒼饒荊榛。驅馬荒城愁殺人。魏王宮殿盡禾黍。信陵賓客隨灰塵。憶昨雄都舊朝市。軒車照耀歌鐘起。軍容帶甲三十萬。國步連營一千里。全盛須臾那可論。高臺曲池無復存。遺墟但見狐狸迹。古地空餘草木根。暮天搖落傷懷抱。倚劍悲歌對秋草。俠客猶傳朱亥名。行人尚識夷門道。白璧黃金萬戶侯。寶刀駿馬塡山丘。年代淒涼不可問。往來唯有水東流。

評曰：弔古傷懷，纏綿悲切，層層追入，不忍卒讀。

邯鄲少年行

邯鄲城南游俠子。自矜生長邯鄲裏。千場縱博家仍富。幾度報仇身不死。宅中歌笑日紛紛。門外車馬常如雲。未知肝膽向誰是。令人却憶平原君。君不見今人交態薄。黃金用盡還疏索。以茲感歎辭舊遊。更於時事無所求。且與少年飲美酒。往來射獵西山頭。

評曰：「千場縱博家仍富，幾度報仇身不死。」游俠氣概，活躍紙上。此等句宋人不能作，明人能作而往往失諸粗，詩有時代之別，於此益信。

燕歌行并序

開元二十六年，客有從御史大夫張公出塞而還者，作燕歌行以示，適感征戍之事，因而和焉。

漢家煙塵在東北。漢將辭家破殘賊。男兒本自重橫行。天子非常賜顏色。摐金伐鼓下榆關。旌旆逶迤碣石間。校尉羽書飛瀚海。單于獵火照狼山。山川蕭條極邊土。胡騎憑陵雜風雨。戰士軍前半死生。美人帳下猶歌舞。大漠窮秋塞草衰。孤城落日鬥兵稀。身當恩遇恒輕敵。力盡關山未解圍。鐵衣遠戍辛勤久。玉筯應啼別離後。少婦城南欲斷腸。征人薊北空回首。邊風飄颻那可度。絕域蒼茫更何有。殺氣三時作陣雲。寒聲一夜傳刁斗。相看白刃血紛紛。死節從來豈顧勳。君不見沙場征戰苦。至今猶憶李將軍。

評曰：氣盛格高，雄健峭拔，中多警句名言，無一閒語閒字，眞傑作也。

人日寄杜二拾遺

人日題詩寄草堂。遙憐故人思故鄉。柳條弄色不忍見。梅花滿枝空斷腸。身在遠藩無所預。心懷百憂復千慮。今年人日空相憶。明年人日知何處。一臥東山三十春。豈知書劍老風塵。龍鍾還忝二千石。愧爾東西南北人。

評曰：友誼篤厚，情見乎詞。今年人日二句，傷感尤深。

送楊山人歸嵩陽

不到嵩陽動十年。舊時心事已徒然。一二故人不復見。三十六峰猶眼前。夷門二月柳條色。流鶯數聲淚沾臆。鑿井耕田不我招。知君以此忘帝力。山人好去嵩陽路。惟余眷眷長相憶。

評曰：從歸隱之地、歸隱之人着筆，故不落俗調。

封丘作

我本漁樵孟諸野。一生自是悠悠者。乍可狂歌草澤中。寧堪作吏風塵下。祗言小邑無所爲。公門百事皆有期。拜迎官長心欲碎。鞭撻黎庶令人悲。歸來向家問妻子。舉家盡笑今如此。生事應須南畝田。世情付與東流水。夢想舊山安在哉。爲銜君命且遲廻。乃知梅福徒爲爾。轉憶陶潛歸去來。

評曰：爲官小邑知甘苦，轉憶陶潛歸去來。達夫有歸志，而卒成功名，爲古來詩人中最顯達之一人，則因才高而意氣雄豪也。

寄宿田家

田家老翁住東陂。說道平生隱在茲。鬢白未曾記日月。山青每到識春時。門前種柳深成巷。野谷流泉添入池。牛壯日耕十畝地。人閒當掃一茅茨。客來滿酌清尊酒。感興平吟才子詩。巖際窟中藏鼴鼠。潭邊竹裏隱鸕鷀。村墟日落行人少。醉後無心怯路岐。今夜只應還寄宿。明朝拂曙與君辭。

評曰：田家風味，橫溢紙上。

送田少府貶蒼梧

沈吟對遷客。惆悵西南天。昔爲一官未得意。今向萬里令人憐。念茲斗酒成暌間。停舟歎君日將晏。遠樹應憐北地春。行人却羨南歸雁。丈夫窮達未可知。看君不合長數奇。江山到處堪乘興。楊柳青青那足悲。

評曰：小官遠貶，悲痛可知。最後慰語，却可使人破涕。

醉後贈張九旭

世上謾相識。此翁殊不然。興來書自聖。醉後語尤顚。白髮老閒事。青雲在目前。牀頭一壺酒。能更幾回眠。

評曰：平實工穩。第二聯尤見眞切。

東平別前衞縣李寀少府

黃鳥翩翩楊柳垂。春風送客使人悲。怨別自驚千里外。論交却憶十年時。雲開汶水孤帆遠。路繞梁山四馬遲。此地從來可乘興。留君不住益淒其。

評曰：第二聯佳句。宋之西江詩派，好從此等句中見長，不知唐人早已能之。

送李少府貶峽中王少府貶長沙

嗟君此別意何如。駐馬銜杯問謫居。巫峽啼猿數行淚。衡陽歸雁幾封書。青楓江上秋天遠。白帝城邊古木疎。聖代卽今多雨露。暫時分手莫躊躇。

評曰：世人多推重此詩，因對李、王謫地切情切景。但此詩中四句複合，爲律詩所最忌，末聯兩語亦萎靡無力。詩有可讀而不宜學者，此類是也！

重陽

節物驚心兩鬢華。東籬空繞未開花。百年將半仕三已。五畝就荒天一涯。豈有白衣來剝啄。一從烏帽自欹斜。眞成獨坐空搔首。門柳蕭蕭噪暮鴉。

評曰：第二聯可誦，餘亦工穩。

詠史

尙有綈袍贈。應憐范叔寒。不知天下士。猶作布衣看。

評曰：標出新意。

逢謝偃

紅顏愴爲別。白髮始相逢。唯餘昔時淚。無復舊時容。

評曰：久別重逢，百感叢生。

田家春望

出門何所見。春色滿平蕪。可歎無知己。高陽一酒徒。

評曰：前二句與後二句若斷若續故佳。

營州歌

營州少年愛原野。狐裘蒙茸獵城下。虜酒千鍾不醉人。胡兒十歲能騎馬。

評曰：小詩能寫出邊塞本色。不愧大家。

和王七玉門關聽吹笛

胡人吹笛戍樓間。樓上蕭條海月閒。借問落梅凡幾曲。從風一夜滿關山。

一作塞上聽吹笛

雪淨胡天牧馬還。月明羌笛戍樓間。借問梅花何處落。風吹一夜滿關山。

評曰：兩首俱佳，不讓「黃河遠上」。「秦時明月」專美。

聽張立本女吟

危冠廣袖楚宮妝。獨步閒庭逐夜涼。自把玉釵敲砌竹。清歌一曲月如霜。

評曰：邊塞詩人，竟能製如許幽雅蘊藉之章。殆與秦風之蒹葭白露，同一韻味。

初至封丘作

可憐薄暮宦遊子。獨臥虛齋思無已。去家百里不得歸。到官數日秋風起。

評曰：直言傾吐，亦成佳什。

除夜作

旅館寒燈獨不眠。客心何事轉悽然。故鄉今夜思千里。愁鬢明朝又一年。

評曰：多愁善感，有如女子，迴異邊塞狂歌，豪氣凌雲，有此手法，足見達夫詩固無體不工也。

卷六

杜甫

杜甫（七一二—七七〇）字子美，其先襄陽人，曾祖依藝爲鞏令，因居鞏（現屬河南省）。天寶初應進士不第。後獻三大禮賦，明皇奇之，召試文章授京兆府兵曹參軍。安祿山陷京師，自賊中潛赴靈武行在，拜左拾遺。嚴武鎭成都，奏爲參謀檢校工部員外郎。在成都浣花里，種竹植樹。武卒出川，流寓衡湘，後居於舟上，至耒陽卒，年五十九歲。論詩者尊之爲詩聖。詩文共六十卷，詩編十九卷，一千四百四十二首，選八十四首。

奉贈韋左丞丈二十二韻

紈袴不餓死。儒冠多誤身。丈人試靜聽。賤子請具陳。甫昔少年日。早充觀國賓。讀書破萬卷。下筆如有神。賦料揚雄敵。詩看子建親。李邕求識面。王翰願卜鄰。自謂頗挺出。立登要路津。致君堯舜上。再使風俗淳。此意竟蕭條。行歌非隱淪。騎驢三十載。旅食京華春。朝扣富兒門。暮隨肥馬塵。殘杯與冷炙。到處潛悲辛。主上頃見徵。欻然欲求伸。青冥却垂翅。蹭蹬無縱鱗。甚愧丈人厚。甚知丈人眞。每於百僚上。猥誦佳句新。竊效貢公喜。難甘原憲貧。焉能心怏怏。祇是走踆踆。今欲東入海。即將西去秦。尙憐終南山。回首清渭濱。常擬報一飯。況懷辭大臣。白鷗沒浩蕩。萬里誰能馴。

評曰：此篇在杜詩中不算佳構，儒生寒酸氣又重。錄之爲使人明瞭杜老之出處願望，功名雄心，以及悲哀之嗇遇。

貧交行

翻手作雲覆手雨。紛紛輕薄何須數。君不見管鮑貧時交。此道今人棄如土。

評曰：世態炎涼，小人翻覆，自古已然，於今尤甚，此小詩諷諭極深。

兵車行

車轔轔。馬蕭蕭。行人弓箭各在腰。耶孃妻子走相送。塵埃不見咸陽橋。牽衣頓足闌道哭。哭聲直上干雲霄。道傍過者問行人。行人但云點行頻。或從十五北防河。便至四十西營田。去時里正與裹頭。歸來頭白還戍邊。邊亭流血成海水。武皇開邊意未已。君不聞漢家山東二百州。千村萬落生荊杞。縱有健婦把鋤犁。禾生隴畝無東西。況復秦兵耐苦戰。被驅不異犬與雞。長者雖有問。役夫敢申恨。且如今年冬。未休關西卒。縣官急索租。租稅從何出。信知生男惡。反是生女好。生女猶得嫁比鄰。生男埋沒隨百草。君不見青海頭。古來白骨無人收。新鬼煩冤舊鬼哭。天陰雨濕聲啾啾。

評曰：此詩與李白戰城南篇，同爲反戰之作。李從理論及概念上立言，杜從客觀及事實上着筆，李詩調高語雋，杜詩情眞詞質，雖各有千秋，李作似遜杜也。

自京赴奉先縣詠懷五百字（原注天寶十四載十二月初作）

杜陵有布衣。老大意轉拙。許身一何愚。竊比稷與契。居然成濩落。白首甘契闊。蓋棺事則已。此志常覬豁。窮年憂黎元。歎息腸內熱。取笑同學翁。浩歌彌激烈。非無江海志。

蕭灑送日月。生逢堯舜君。不忍便永訣。當今廊廟具。構厦豈云缺。葵藿傾太陽。物性固莫奪。顧惟螻螘輩。但自求其穴。胡爲慕大鯨。輒擬偃溟渤。以茲悟生理。獨恥事干謁。兀兀遂至今。忍爲塵埃沒。終媿巢與由。未能易其節。沉飲聊自適。放歌頗愁絕。歲暮百草零。疾風高岡裂。天衢陰崢嶸。客子中夜發。霜嚴衣帶斷。指直不得結。凌晨過驪山。御榻在嵽嵲。蚩尤塞寒空。蹴蹋崖谷滑。瑤池氣鬱律。羽林相摩戛。君臣留歡娛。樂動殷樛嶱。賜浴皆長纓。與宴非短褐。彤庭所分帛。本自寒女出。鞭撻其夫家。聚斂貢城闕。聖人筐篚恩。實欲邦國活。臣如忽至理。君豈棄此物。多士盈朝廷。仁者宜戰慄。況聞內金盤。盡在衛霍室。中堂舞神仙。煙霧散玉質。煖客貂鼠裘。悲管逐清瑟。勸客駝蹄羹。霜橙壓香橘。朱門酒肉臭。路有凍死骨。榮枯咫尺異。惆悵難再述。北轅就涇渭。官渡又改轍。羣冰從西下。極目高崒兀。疑是崆峒來。恐觸天柱折。河梁幸未坼。枝撐聲窸窣。行旅相攀援。川廣不可越。老妻寄異縣。十口隔風雪。誰能久不顧。庶往共飢渴。入門聞號呼。幼子飢已卒。吾寧舍一哀。里巷亦嗚咽。所媿爲人父。無食致夭折。豈知秋未登。貧窶有倉卒。生常免租稅。名不隸征伐。撫迹猶酸辛。平人固騷屑。默思失業徒。因念遠戍卒。憂端齊終南。澒洞不可掇。

評曰：此篇與北征篇，同爲長詩，李白仙才却無此巨製。詩中首述其懷抱與遭遇。次言浮沈、得失、貴賤、貧富之差距，尤其「朱門酒肉臭。路有凍死骨。」名句，具見胞與怛惻之懷，允宜永垂不朽。後寫家庭慘狀，使人不忍卒讀。而不悲己苦，尚念失業人及戍卒，杜老之心情與胸懷，從可知矣！

麗人行

三月三日天氣新。長安水邊多麗人。態濃意遠淑且眞。肌理細膩骨肉勻。繡羅衣裳照暮春。蹙金孔雀銀麒麟。頭上何所有。翠微㔩葉垂鬢脣。背後何所見。珠壓腰衱穩稱身。就中雲幕椒房親。賜名大國虢與秦。紫駝之峯出翠釜。水精之盤行素鱗。犀箸厭飫久未下。鸞刀縷切空紛綸。黃門飛鞚不動塵。御厨絡繹送八珍。簫鼓哀吟感鬼神。賓從雜遝實要津。後來鞍馬何逡巡。當軒下馬入錦茵。楊花雪落覆白蘋。青鳥飛去銜紅巾。炙手可熱勢絕倫。愼莫近前丞相嗔。

哀江頭

少陵野老呑聲哭。春日潛行曲江曲。江頭宮殿鎖千門。細柳新蒲爲誰綠。憶昔霓旌下南苑。苑中萬物生顏色。昭陽殿裏第一人。同輦隨君侍君側。輦前才人帶弓箭。白馬嚼齧黃金勒。翻身向天仰射雲。一箭正墜雙飛翼。明眸皓齒今何在。血污遊魂歸不得。清渭東流劍閣深。去住彼此無消息。人生有情淚霑臆。江水江花豈終極。黃昏胡騎塵滿城。欲往城南望城北。

哀王孫

長安城頭頭白烏。夜飛延秋門上呼。又向人家啄大屋。屋底達官走避胡。金鞭斷折九馬死。骨肉不待同馳驅。腰下寶玦青珊瑚。可憐王孫泣路隅。問之不肯道姓名。但道困苦乞爲奴。已經百日竄荊棘。身上無有完肌膚。高帝子孫盡隆準。龍種自與常人殊。豺狼在邑龍在野。王孫善保千金軀。不敢長語臨交衢。且爲王孫立斯須。昨夜東風吹血腥。東來橐駝滿舊都。朔方健兒好身手。昔何勇銳今何愚。竊聞天子已傳位。聖德北服南單于。花門剺面請雪恥。愼勿出口他人狙。哀哉王孫愼勿疎。五陵佳氣無時無。

悲陳陶

孟冬十郡良家子。血作陳陶澤中水。野曠天清無戰聲。四萬義軍同日死。羣胡歸來血洗箭。仍唱胡歌飲都市。都人回面向北啼。日夜更望官軍至。

悲青坂

我軍青坂在東門。天寒飲馬太白窟。黃頭奚兒日向西。數騎彎弓敢馳突。山雪河冰野蕭飋。青是烽煙白人骨。焉得附書與我軍。忍待明年莫倉卒。

評曰：右五首格局筆調相似，詩旨間隱約不顯，內容則係誌天寶時豪奢及後此亂離之作。其中詞句或突兀迫人，或疲軟乏力，情感甚不平衡，似無選評必要。惟歷代詩人多認爲諷諭紀事，有其特色，乃係史詩，讚不絕口，爰錄之以備一格。

述懷

去年潼關破。妻子隔絕久。今夏草木長。脫身得西走。麻鞋見天子。衣袖露兩肘。朝廷慭生還。親故傷老醜。涕淚授拾遺。流離主恩厚。柴門雖得去。未忍即開口。寄書問三川。不知家在否。比聞同罹禍。殺戮到雞狗。山中漏茅屋。誰復依戶牖。摧頹蒼松根。地冷骨未朽。幾人全性命。盡室豈相偶。嶔岑猛虎場。鬱結回我首。自寄一封書。今已十月後。反畏消息來。寸心亦何有。漢運初中興。生平老耽酒。沉思歡會處。恐作窮獨叟。

評曰：詩思深入，佈局謹嚴，造句用字，千錘百鍊。「自寄一封書」四句，反襯說來，尤見功力。

北征（原註歸至鳳翔墨制放往鄜州作）

皇帝二載秋。閏八月初吉。杜子將北征。蒼茫問家室。維時遭艱虞。朝野少暇日。顧慙恩私被。詔許歸蓬蓽。拜辭詣闕下。怵惕久未出。雖乏諫諍姿。恐君有遺失。君誠中興主。經緯固密勿。東胡反未已。臣甫憤所切。揮涕戀行在。道途猶恍惚。乾坤含瘡痍。憂虞何時畢。靡靡踰阡陌。人煙眇蕭瑟。所遇多被傷。呻吟更流血。回首鳳翔縣。旌旗晚明滅。前登寒山重。屢得飲馬窟。邠郊入地底。涇水中蕩潏。猛虎立我前。蒼崖吼時裂。菊垂今秋花。石戴古車轍。青雲動高興。幽事亦可悅。山果多瑣細。羅生雜橡栗。或紅如丹砂。或黑如點漆。雨露之所濡。甘苦齊結實。緬思桃源內。益歎身世拙。坡陀望鄜時。巖谷互出沒。我行已水濱。我僕猶木末。鴟鳥鳴黃桑。野鼠拱亂穴。夜深經戰場。寒月照白骨。潼關百萬師。往者散何卒。遂令半秦民。殘害爲異物。況我墮胡塵。及歸盡華髮。經年至茅屋。妻子衣百結。慟哭松聲回。悲泉共鳴咽。平生所嬌兒。顏色白勝雪。見爺背面啼。垢膩腳不襪。牀前兩小女。補綻才過膝。海圖坼波濤。舊繡移曲折。天吳及紫鳳。顚倒在短褐。老夫情懷惡。嘔泄臥數日。那無囊中帛。救汝寒凜慄。粉黛亦解包。衾裯稍羅列。瘦妻面復光。癡女頭自櫛。學母無不爲。曉妝隨手抹。移時施朱鉛。狼藉畫眉濶。生還對童稚。似欲忘飢渴。問事競挽鬚。誰能卽嗔喝。翻思在賊愁。甘受雜亂聒。新歸且慰意。生理焉能說。至尊尙蒙塵。幾日休練卒。仰觀天色改。坐覺祅氣豁。陰風西北來。慘澹隨回紇。其王願助順。其俗善馳突。送兵五千人。驅馬一萬匹。此輩少爲貴。四方服勇決。所用皆鷹騰。破敵過箭疾。聖心頗虛佇。時議氣欲奪。伊洛指掌收。西京不足拔。官軍請深入。蓄銳何俱發。此擧開青徐。旋瞻略恒碣。昊天積霜露。正氣有肅殺。禍轉亡胡歲。勢成擒胡月。胡命其能久。皇綱未宜絕。憶昨狼狽初。事與古先別。姦臣竟菹醢。同惡隨蕩析。不聞夏殷衰。中自誅褒妲。周漢獲再興。宣光果明哲。桓桓陳將軍。仗鉞奮忠烈。微爾人盡非。于今國猶活。淒涼大同殿。寂寞白獸闥。都人望翠華。佳氣向金闕。園陵固有神。掃灑數不缺。煌煌太宗業。樹立甚宏達。

評曰：此篇與自京赴奉先縣詠懷，同一體製，但更細密、濃厚、深刻、壯濶，雖詞句似呆拗古拙，詰曲難讀，而味甚濃郁。

羌村（三首）

崢嶸赤雲西。日脚下平地。柴門鳥雀噪。歸客千里至。妻孥怪我在。驚定還拭淚。世亂遭飄蕩。生還偶然遂。鄰人滿牆頭。感歎亦歔欷。夜闌更秉燭。相對如夢寐。

晚歲迫偷生。還家少歡趣。嬌兒不離膝。畏我復却去。憶昔好追涼。故繞池邊樹。蕭蕭北風勁。撫事煎百慮。賴知禾黍收。已覺糟牀注。如今足斟酌。且用慰遲暮。

羣雞正亂叫。客至雞鬥爭。驅雞上樹木。始聞扣柴荆。父老四五人。問我久遠行。手中各有携。傾榼濁復清。苦辭酒味薄。黍地無人耕。兵革旣未息。兒童盡東征。請為父老歌。艱難媿深情。歌罷仰天歎。四座淚縱橫。

評曰：瑣瑣敍談，眞實動人，感慨亦深。

新安吏

原注：收京後作，雖收兩京，賊猶充斥。錢謙益曰：以下諸詩，皆乾元二年，自華州之東都道途所感而作。

客行新安道。喧呼聞點兵。借問新安吏。縣小更無丁。府帖昨夜下。次選中男行。中男絕短小。何以守王城。肥男有母送。瘦男獨伶俜。白水暮東流。青山猶哭聲。莫自使眼枯。收汝淚縱橫。眼枯卽見骨。天地終無情。我軍取相州。日夕望其平。豈意賊難料。歸軍星散營。就糧近故壘。練卒依舊京。掘壕不到水。牧馬役亦輕。況乃王師順。撫養甚分明。送行勿泣血。僕射如父兄。

潼關吏

士卒何草草。築城潼關道。大城鐵不如。小城萬丈餘。借問潼關吏。修關還備胡。要我下馬行。爲我指山隅。連雲列戰格。飛鳥不能踰。胡來但自守。豈復憂西都。丈人視要處。窄狹容單車。艱難奮長戟。萬古用一夫。哀哉桃林戰。百萬化爲魚。請囑防關將。愼勿學哥舒。

石壕吏（陝縣有石壕鎮）

暮投石壕村。有吏夜捉人。老翁踰牆走。老婦出門看。吏呼一何怒。婦啼一何苦。聽婦前致詞。三男鄴城戍。一男附書至。二男新戰死。存者且偸生。死者長已矣。室中更無人。惟有乳下孫。有孫母未去。出入無完裙。老嫗力雖衰。請從吏夜歸。急應河陽役。猶得備晨炊。夜久語聲絕。如聞泣幽咽。天明登前途。獨與老翁別。

新婚別

兎絲附蓬麻。引蔓故不長。嫁女與征夫。不如棄路旁。結髮爲妻子。席不煖君牀。暮婚晨告別。無乃太匆忙。君行雖不遠。守邊赴河陽。妾身未分明。何以拜姑嫜。父母養我時。日夜令我藏。生女有所歸。雞狗亦得將。君今往死地。沈痛迫中腸。誓欲隨君往。形勢反蒼黃。勿爲新婚念。努力事戎行。婦人在軍中。兵氣恐不揚。自嗟貧家女。久致羅襦裳。羅襦不復施。對君洗紅妝。仰視百鳥飛。大小必雙翔。人事多錯迕。與君永相望。

垂老別

四郊未寧靜。垂老不得安。子孫陣亡盡。焉用身獨完。投杖出門去。同行爲辛酸。幸有牙齒存。所悲骨髓乾。男兒既介冑。長揖別上官。老妻臥路啼。歲暮衣裳單。孰知是死別。且復傷其寒。此去必不歸。還聞勸加餐。土門壁甚堅。杏園度亦難。勢異鄴城下。縱死時猶寬。人生有離合。豈擇衰老端。憶昔少壯日。遲回竟長歎。萬國盡征戍。烽火被岡巒。積屍草木腥。流血川原丹。何鄉爲樂土。安敢尚盤桓。棄絕蓬室居。塌然摧肺肝。

無家別

寂寞天寶後。園廬但蒿藜。我里百餘家。世亂各東西。存者無消息。死者爲塵泥。賤子因陣敗。歸來尋舊蹊。人行見空巷。日瘦氣慘悽。但對狐與狸。豎毛怒我啼。四鄰何所有。一二老寡妻。宿鳥戀本枝。安辭且窮棲。方春獨荷鋤。日暮還灌畦。縣吏知我至。召令習鼓鞞。雖從本州役。內顧無所攜。近行止一身。遠去終轉迷。家鄉既盪盡。遠近理亦齊。永痛長病母。五年委溝谿。生我不得力。終身兩酸嘶。人生無家別。何以爲烝黎。

評曰：三吏三別，由時代反映而來。爲社會詩之基幹，亦爲詩史之代表作。新安吏徵兵出征，潼關吏征夫築城，石壕吏拉夫；新婚別新郎被征，垂老別老年被征，無家別征夫無家可歸。以眞實之筆，彰戰爭之罪。前無古人，後無來者，惟白樂天之新樂府庶幾近之。

佳人

絕代有佳人。幽居在空谷。自云良家子。零落依草木。關中昔喪亂。兄弟遭殺戮。官高何足論。不得收骨肉。世情惡衰歇。萬事隨轉燭。夫壻輕薄兒。新人美如玉。合昏尚知時。

鴛鴦不獨宿。但見新人笑。那聞舊人哭。在山泉水清。出山泉水濁。侍婢賣珠回。牽蘿補茅屋。摘花不插鬢。采柏動盈匊。天寒翠袖薄。日暮倚修竹。

評曰：亂世佳人多薄命，或當時眞有其人其事，故寫得唯眞唯肖。

夢李白（二首）

李白臥廬山。永王璘反，迫致之。璘敗，坐繫尋陽獄，長流夜郎，久之得釋。

死別已吞聲。生別常惻惻。江南瘴癘地。逐客無消息。故人入我夢。明我長相憶。恐非平生魂。路遠不可測。魂來楓林青。魂返關塞黑。君今在羅網。何以有羽翼。落月滿屋梁。猶疑照顏色。水深波浪濶。無使蛟龍得。

浮雲終日行。遊子久不至。三夜頻夢君。情親見君意。告歸常局促。苦道來不易。江湖多風波。舟楫恐失墜。出門搔白首。若負平生志。冠蓋滿京華。斯人獨顦顇。孰云網恢恢。將老身反累。千秋萬歲名。寂寞身後事。

評曰：杜老至性人也。懷念難友李白，而託諸夢寐之中，情摯意眞，使人感友朋之重，「冠蓋滿京華」兩句，非僅悲李，亦以自悲也。

前出塞（九首錄六）

前出塞爲徵秦隴之兵，赴交河而作。後出塞爲征東都之兵，赴薊門而作。

磨刀嗚咽水。水赤刃傷手。欲輕腸斷聲。心緒亂已久。丈夫誓許國。憤惋復何有。功名圖麒麟。戰骨當速朽。

送徒既有長。遠戍亦有身。生死向前去。不勞吏怒嗔。路逢相識人。附書與六親。哀哉兩決絕。不復同苦辛。

挽弓當挽強。用箭當用長。射人先射馬。擒賊先擒王。殺人亦有限。列國自有疆。苟能制侵陵。豈在多殺傷。

驅馬天雨雪。軍行入高山。逕危抱寒石。指落曾冰間。已去漢月遠。何時築城還。浮雲暮南征。可望不可攀。

單于寇我壘。百里風塵昏。雄劍四五動。彼軍爲我奔。虜其名王歸。繫頸授轅門。潛身備行列。一勝何足論。

從軍十年餘。能無分寸功。衆人貴苟得。欲語羞雷同。中原有鬥爭。況在狄與戎。丈夫四方志。安可辭固窮。

後出塞（五首錄一）

朝進東門營。暮上河陽橋。落日照大旗。馬鳴風蕭蕭。平沙列萬幕。部伍各見招。中天懸明月。令嚴夜寂寥。悲笳數聲動。壯士慘不驕。借問大將誰。恐是霍嫖姚。

評曰：氣勢雄壯，聲調高昂，的是傑作。

茅屋爲秋風所破歌

八月秋高風怒號。卷我屋上三重茅。茅飛渡江灑江郊。高者挂罥長林梢。下者飄轉沉塘坳。南邨羣童欺我老無力。忍能對面爲盜賊。公然抱茅入竹去。脣焦口燥呼不得。歸來倚杖自歎息。俄頃風定雲墨色。秋天漠漠向昏黑。布衾多年冷似鐵。驕兒惡臥踏裏裂。牀頭屋漏無乾處。雨脚如痲未斷絕。自經喪亂少睡眠。長夜霑濕何由徹。安得廣厦千萬間。大庇天下寒士俱歡顏。風雨不動安如山。嗚呼何時眼前突兀見此屋。吾廬獨破受凍死亦足。

評曰：杜老生活困窮，而胸襟開豁。「安得廣厦」以下，仁心呼喚，至今猶聞其聲。詞筆挺拔有力，是其餘事。

發閬中

前有毒蛇後猛虎。溪行盡日無邨塢。江風蕭蕭雲拂地。山木慘慘天欲雨。女病妻憂歸意急。秋花錦石誰復數。別家三月一得書。避地何時免愁苦。

評曰：詞旨暢達，筆力勁遒。

莫相疑行

男兒生。無所成。頭皓白。牙齒欲落眞可惜。憶獻三賦蓬萊宮。自怪一日聲輝赫。集賢學士如堵牆。觀我落筆中書堂。往時文彩動人主。此日飢寒趨路旁。晚將末契託年少。當面輸心背面笑。寄謝悠悠世上兒。不爭好惡莫相疑。

評曰：得失浮沉，應如煙雲過眼。「當面輸心背面笑」，人情磽薄，自古已然，無足深責。杜老修養，尙欠一間。

負薪行

夔州處女髮半華。四十五十無夫家。更遭喪亂嫁不售。一生抱恨堪咨嗟。土風坐男使女立。應當門戶女出入。十猶八九負薪歸。賣薪得錢應供給。至老雙鬟只垂頸。野花山葉銀釵竝。筋力登危集市門。死生射利兼鹽井。面妝首飾雜啼痕。地褊衣寒困石根。若道巫山女麤醜。何得此有昭君邨。

評曰：中國大部份地區，婦女擔負內外工作，更比男性艱辛。此篇雖詠夔州婦女，可爲中國大多數婦女之寫眞。結語發問，更見筆力。

最能行

峽中丈夫絕輕死。少在公門多在水。富豪有錢駕大舸。貧窮取給行艓子。小兒學問止論語。大兒結束隨商旅。欹帆側柁入波濤。撇漩捎濆無險阻。朝發白帝暮江陵。頃來目擊信有徵。瞿塘漫天虎鬚怒。歸州長年行最能。此鄉之人氣量窄。誤競南風疎北客。若道士無英俊才。何得山有屈原宅。

評曰：前篇詠女，此篇詠男，格局筆調全同，結句反問亦同。此種詩又是一格。

登兗州城樓

東郡趨庭日。（時甫父閑爲兗州司馬）南樓縱目初。浮雲連海岱。平野入青徐。孤嶂秦碑在。荒城魯殿餘。從來多古意。臨眺獨躊躇。

評曰：詞意清遠，對仗工整。

春日憶李白

白也詩無敵。飄然思不羣。清新庾開府。俊逸鮑參軍。渭北春天樹。江東日暮雲。何時一尊酒。重與細論文。

評曰：白詩清新俊逸，此詩亦然。

九日藍田崔氏莊

老去悲秋強自寬。興來今日盡君歡。羞將短髮還吹帽。笑倩旁人爲正冠。藍水遠從千澗落。玉山高並兩峰寒。明年此會知誰健。醉把茱萸仔細看。

評曰：應景詩不陷舊套，全篇清雅壯濶，不可多覯。

月夜

今夜鄜州月。閨中只獨看。遙憐小兒女。未解憶長安。香霧雲鬟濕。清輝玉臂寒。何時倚虛幌。雙照淚痕乾。

評曰：思家之作，每聯皆詠閨情，悱惻纏綿，情感深摯。

春望

國破山河在。城春草木深。感時花濺淚。恨別鳥驚心。烽火連三月。家書抵萬金。白頭搔更短。渾欲不勝簪。

評曰：國亡親離，感時恨別，滿腔哀痛，活躍紙上。起首兩句，寓悲壯於雄奇，第三聯尤爲名句。

送鄭十八虔貶台州司戶傷其臨老陷賊之故闕爲面別情見於詩

鄭公樗散鬢成絲。酒後常稱老畫師。萬里傷心嚴譴日。百年垂死中興時。蒼惶已就長途往。邂逅無端出餞遲。便與先生應永訣。九重泉路盡交期。

評曰：生死契濶，情見乎辭。

秦州雜詩（二十首錄一）

莽莽萬重山。孤城石谷間。無風雲出塞。不夜月臨關。屬國歸何晚。樓蘭斬未還。煙塵獨長望。衰颯正摧顏。

評曰：中四句造語，另創一格，挺拔雄奇，可醫平庸之病。

月夜憶舍弟

戍鼓斷人行。邊秋一雁聲。露從今夜白。月是故鄉明。有弟皆分散。無家問死生。寄書長不達。況乃未休兵。

評曰：看來一覽無餘，細讀幽意不盡，允稱詩之上品。

送遠

帶甲滿天地。胡爲君遠行。親朋盡一哭。鞍馬去孤城。草木歲月晚。關河霜雪清。別離已昨日。因見古人情。

評曰：起聯挺拔得勢，第二聯亦力敵萬鈞。第三聯詞雖泛泛，但送遠行人亦甚切合；「草木歲月晚」月字如易爲時字，平仄較叶。

蜀相

丞相祠堂何處尋。錦官城外柏森森。映階碧草自春色。隔葉黃鸝空好音。三顧頻煩天下計。兩朝開濟老臣心。出師未捷身先死。長使英雄淚滿襟。

評曰：此爲七律完整傑出之作。第三聯詠事切，對仗工，末聯名句。

有客

幽棲地僻經過少。老病人扶再拜難。豈有文章驚海內。漫勞車馬駐江干。竟日淹留佳客坐。百年麤糲腐儒餐。不嫌野外無供給。乘興還來看藥欄。

評曰：從無客謝客寫起，又是一法。第二聯追問客來之因，第三聯欵客，末聯訂後約，別無新意，偏成好詩！

進艇

南京久客耕南畝。北望傷神坐北窗。晝引老妻乘小艇。晴看稚子浴清江。俱飛蛺蝶元相逐。並蔕芙蓉本自雙。茗飲蔗漿携所有。瓷甖無謝玉爲缸。

評曰：瑣事瑣敍，居然成爲佳章。

所思

苦憶荆州醉司馬。（原注崔吏部漪）謫官樽俎定常開。九江日落醒何處。一柱觀頭眠幾回。可憐懷抱向人盡。欲問平安無使來。故憑錦水將雙淚。好過瞿塘灩澦堆。

評曰：醉司馬爲非常之人，故詩亦非常，第三聯辛酸極矣。

江村

清江一曲抱村流。長夏江村事事幽。自去自來堂上燕。相親相近水中鷗。老妻畫紙爲碁局。稚子敲鍼作釣鉤。多病所須唯藥物。微軀此外更何求。

評曰：與進艇一詩，同體同工，杜詩多沉重壯濶，此類瑣瑣淡描之詩，又別具一格，自有佳趣。江字村字字重意重。

野老

野老籬前江岸迴。柴門不正逐江開。漁人網集澄潭下。賈客船隨返照來。長路關心悲劍閣。片雲何意傍琴臺。王師未報收東郡。城闕秋生畫角哀。

評曰：前段詠江，點劃深刻。後段感時，未忘國難。江字重見。

南鄰

錦里先生烏角巾。園收芋粟（一作栗）不全貧。慣看賓客兒童喜。得食階除鳥雀馴。秋水纔深四五尺。野航恰受兩三人。白沙翠竹江村暮。相對柴門月色新。

評曰：錦里先生，可紀之事應多，而獨就角巾、芋粟、兒童、鳥雀、秋水、野航着筆，知者不多言，言者人不知，此杜老作詩又一法也。

恨別

洛城一別四千里。胡騎長驅五六年。草木變衰行劍外。兵戈阻絕老江邊。思家步月清宵立。憶弟看雲白日眠。聞道河陽近乘勝。司徒急爲破幽燕。

評曰：敍述戰爭及自身感受，亦是史詩。

暮登四安寺鐘樓寄裴十廸

暮倚高樓對雪峰。僧來不語自鳴鐘。孤城返照紅將歛。近市浮煙翠且重。多病獨愁常闃寂。故人相見未從容。知君苦思緣詩瘦。大向交遊萬事慵。

評曰：前半寫寺鐘樓，後半寫寄裴廸。淸雅圓潤，情景逼眞。

客至

舍南舍北皆春水。但見羣鷗日日來。花徑不曾緣客掃。蓬門今始爲君開。盤餐市遠無兼味。樽酒家貧只舊醅。肯與鄰翁相對飲。隔籬呼取盡餘杯。

評曰：起聯抬高主人聲價，第二聯抬高客人聲價。景色閒雅，韻味悠揚。

送韓十四江東覲省

兵戈不見老萊衣。歎息人間萬事非。我已無家尋弟妹。君今何處訪庭闈。黃牛峽靜灘聲轉。白馬江寒樹影稀。此別應須各努力。故鄉猶恐未同歸。

評曰：前半段亂世爲客，感慨同深。黃牛聯寫歸程。末聯嫌弱。

贈花卿

錦城絲管日紛紛。半入江風半入雲。此曲祗應天上有。人間能得幾回聞。

少年行

馬上誰家白面郎。臨堦下馬坐人牀。不通姓字麤豪甚。指點銀瓶索酒嘗。

評曰：杜老小詩不甚擅場，此二首別有風致。

野望

西山白雪三城戍。南浦清江萬里橋。海內風塵諸弟隔。天涯涕淚一身遙。唯將遲暮供多病。未有涓埃答聖朝。跨馬出郊時極目。不堪人事日蕭條。

評曰：海內聯綴詞造句如有神助。第五句原意是年老多病，一經點化便成佳句。

聞官軍收河南河北

劍外忽聞收薊北。初聞涕淚滿衣裳。却看妻子愁何在。漫卷詩書喜欲狂。白日放歌須縱酒。青春作伴好還鄉。卽從巴峽穿巫峽。便下襄陽向洛陽。

評曰：勝利還鄉，方能領略此詩滋味，抗日勝利時，後方復員人士，多高唱此詩。

登高

風急天高猿嘯哀。渚清沙白鳥飛廻。無邊落木蕭蕭下。不盡長江滾滾來。萬里悲秋常作客。百年多病獨登臺。艱難苦恨繁霜鬢。潦倒新停濁酒杯。

評曰：八句皆用對仗，在律詩中不多見。無邊聯語意並無新奇，但置之此詩中，卽生無限蕭瑟悲涼之感。

王錄事許脩草堂貲不到聊小詰

爲嗔王錄事。不寄草堂貲。昨屬愁春雨。能忘欲漏時。

評曰：杜詩五絕最少，此首尚佳。

宿府

清秋幕府井梧寒。獨宿江城蠟炬殘。永夜角聲悲自語。中天月色好誰看。風塵荏苒音書絕。關塞蕭條行路難。已忍伶俜十年事。強移栖息一枝安。

評曰：首四語寫夜宿府中之景色，末聯謂僅求一枝之安。五六二句則述境況。全首平整而讀之自有一種悽清之感。意境深也。

旅夜書懷

細草微風岸。危檣獨夜舟。星垂平野濶。月湧大江流。名豈文章著。官應老病休。飄飄何所似。天地一沙鷗。

評曰：首聯亦用對仗。中四句意境高超，字句錘鍊。末聯飄逸幽雅。

閣夜

歲暮陰陽催短景。天涯霜雪霽寒宵。五更鼓角聲悲壯。三峽星河影動搖。野哭幾家聞戰伐。夷歌數處起漁樵。臥龍躍馬終黃土。人事音書漫寂寥。

評曰：起聯卽用對仗。四中句如珠落玉盤。琳瑯滿目，鏗鏘有聲，杜以律詩著稱，此篇尤爲出色。

八陣圖

功蓋三分國。名高八陣圖。江流石不轉。遺恨失吞吳。

評曰：詞筆謹嚴，末句含意尤深。

秋興（八首）

玉露凋傷楓樹林。巫山巫峽氣蕭森。江間波浪兼天湧。塞上風雲接地陰。叢菊兩開他日淚。孤舟一繫故園心。寒衣處處催刀尺。白帝城高急暮砧。

夔府孤城落日斜。每依北斗望京華。聽猿實下三聲淚。奉使虛隨八月槎。畫省香爐違伏枕。山樓粉堞隱悲笳。請看石上藤蘿月。已映洲前蘆荻花。

千家山郭靜朝暉。日日江樓坐翠微。信宿漁人還汎汎。清秋燕子故飛飛。匡衡抗疏功名薄。劉向傳經心事違。同學少年多不賤。五陵衣馬自輕肥。

聞道長安似奕棊。百年世事不勝悲。王侯第宅皆新主。文武衣冠異昔時。直北關山金鼓振。征西車馬羽書馳。魚龍寂寞秋江冷。故國平居有所思。

蓬萊宮闕對南山。承露金莖霄漢間。西望瑤池降王母。東來紫氣滿函關。雲移雉尾開宮扇。日繞龍鱗識聖顏。一臥滄江驚歲晚。幾迴青瑣照（一作點）朝班。

瞿塘峽口曲江頭。萬里風煙接素秋。花萼夾城通御氣。芙蓉小苑入邊愁。朱簾繡柱圍黃鶴。錦纜牙檣起白鷗。迴首可憐歌舞地。秦中自古帝王州。

昆明池水漢時功。武帝旌旗在眼中。織女機絲虛月夜。石鯨鱗甲動秋風。波漂菰米沈雲黑。露冷蓮房墜粉紅。關塞極天唯鳥道。江湖滿地一漁翁。

昆吾御宿自逶迤。紫閣峰陰入渼波。香稻啄餘鸚鵡粒。碧梧棲老鳳凰枝。佳人拾翠春相問。仙侶同舟晚更移。綵筆昔曾干氣象。白頭吟望苦低垂。

評曰：秋興八首，另具一格，格高氣盛，乃其特色。惟多閃爍其詞，忽憶朝廷，忽寫眼前景物，參差錯綜，不盡感慨。其高深處亦即在此。後人模擬者衆，佳構不多。因不經盛時，不歷亂離。依韻和聲，自無眞性情也。

詠懷古跡（五首）

支離東北風塵際。漂泊西南天地間。三峽樓臺淹日月。五溪衣服共雲山。羯胡事主終無賴。詞客哀時且未還。庾信平生最蕭瑟。暮年詩賦動江關。

搖落深知宋玉悲。風流儒雅亦吾師。悵望千秋一灑淚。蕭條異代不同時。江山故宅空文藻。雲雨荒臺豈夢思。最是楚宮俱泯滅。舟人指點到今疑。

羣山萬壑赴荊門。生長明妃尚有村。一去紫臺連朔漠。獨留青塚向黃昏。畫圖省識春風面。環珮空歸月夜魂。千載琵琶作胡語。分明怨恨曲中論。

蜀主窺吳幸三峽。崩年亦在永安宮。翠華想像空山裏。玉殿虛無野寺中。古廟杉松巢水鶴。歲時伏臘走村翁。武侯祠屋常鄰近。一體君臣祭祀同。

諸葛大名垂宇宙。宗臣遺像肅清高。三分割據紆籌策。萬古雲霄一羽毛。伯仲之間見伊呂。指揮若定失蕭曹。運移漢祚終難復。志決身殲軍務勞。

評曰：詠懷古跡，懷古慨今，詞旨奔放，允稱名作，第三首尤爲出色。

江漢

江漢思歸客。乾坤一腐儒。片雲天共遠。永夜月同孤。落日心猶壯。秋風病欲疏。古來存老馬。不必取長途。

評曰：以普通景物，流露眞情，江漢、乾坤、片雲、永夜、落日、秋風、老馬，普通物也。就此加二三字，便見眞情，非老手莫辦。

返照

楚王宮北正黃昏。白帝城西過雨痕。返照入江翻石壁。歸雲擁樹失山村。衰年肺病唯高枕。絕塞愁時早閉門。不可久留豺虎亂。南方實有未招魂。

評曰：世亂身病，感喟萬端。返照聯構思遣辭，未易企及。

吹笛

吹笛秋山風月清。誰家巧作斷腸聲。風飄律呂相和切。月傍關山幾處明。胡騎中宵堪北走。武陵一曲想南征。故園楊柳今搖落。何得愁中却盡生。

評曰：杜詩多波瀾壯濶，如此篇之清絕幽雅，尚不多見。

江南逢李龜年

岐王宅裏尋常見。崔九堂前幾度聞。正是江南好風景。落花時節又逢君。

評曰：坦率質樸，沈潛有力。不勝家國變遷世事滄桑之感。而以不經意語出之，尤見沈痛。洵聖手也。

登岳陽樓

昔聞洞庭水。今上岳陽樓。吳楚東南坼。乾坤日夜浮。親朋無一字。老病有孤舟。戎馬關山北。憑軒涕泗流。

評曰：感懷喪亂，悲痛深長，第二聯可稱名句。

小寒食舟中作

佳辰強飯食猶寒。隱几蕭條帶鶡冠。春水船如天上坐。老年花似霧中看。娟娟戲蝶過閒幔。片片輕鷗下急湍。雲白山青萬餘里。愁看直北是長安。

評曰：春水聯人人意中所有，而筆下所無。

卷七

錢起 字仲文，吳興人。天寶十載登進士第，官秘書省校書郎，終尚書考功郎中，大曆中與韓翃、李端輩，號十才子。詩四卷，選四首。

谷口書齋寄楊補闕

泉壑帶茅茨。雲霞生薜帷。竹憐新雨後。山愛夕陽時。閒鷺棲常早。秋花落更遲。家童掃蘿逕。昨與故人期。

評曰：中四句有新領悟及高境界。

藍上茅茨期王維補闕

山中人不見。雲去夕陽過。淺瀨寒魚少。叢蘭秋蝶多。老年疎世事。幽性樂天和。酒熟思才子。溪頭望玉珂。

評曰：人稱錢起詩理致清贍，於此可見。

省試湘靈鼓瑟

善鼓雲和瑟。常聞帝子靈。馮夷空自舞。楚客不堪聽。苦調淒金石。清音入杳冥。蒼梧來怨慕。白芷動芳馨。流水傳瀟浦。悲風過洞庭。曲終人不見。江上數峰青。

評曰：怨慕泣訴，扣人心弦。末二語爲名句。

題玉山村叟屋壁

谷口好泉石。居人能陸沉。牛羊下山小。煙火隔雲深。一逕入溪色。數家連竹陰。藏虹辭晚雨。驚隼落殘禽。涉趣皆流目。將歸羨在林。却思黃綬事。辜負紫芝心。

評曰：詩材陳舊而出語新奇，運籌裁剪功夫，高人一着。

元結（七二三—七七二）字次山，河南人，少不羈，年十七折節向學，擢上第。歷監察御史，道州刺史，容管經略史，卒年五十，詩二卷，選一首。

賊退示官吏幷序

癸卯歲西原賊入道州，焚燒殺掠，幾盡而去，明年賊又攻永破邵，不犯此州邊鄙而退，豈力能制敵歟？蓋蒙其傷憐而已。諸使何爲忍苦徵斂，故作詩一篇以示官吏。

昔歲逢太平。山林二十年。泉源在庭戶。洞壑當門前。井稅有常期。日宴猶得眠。忽然遭世變。數歲親戎旃。今來典斯郡。山夷又紛然。城小賊不屠。人貧傷可憐。是以陷鄰境。此州獨見全。使臣將王命。豈不如賊焉。今彼徵斂者。迫之如火煎。誰能絕人命。以作時世賢。思欲委符節。引竿自刺船。將家就魚麥。歸老江湖邊。

評曰：居官而爲民請命，不僅詩史已也。詩雖平正無華，亦樂爲選入。

張繼字懿孫，襄州人，登天寶進士第，大曆末官檢校祠部員外郎。詩一卷，選一首。

楓橋夜泊

月落烏啼霜滿天。江楓漁火對愁眠。姑蘇城外寒山寺。夜半鐘聲到客船。

評曰：狀景而至情融鑄，得七絕三昧，宜爲人所愛讀。

韓翃字君平，南陽人，登天寶十三載進士第。德宗時除駕部郎中，知制誥，擢中書舍人。詩三卷，選二首。

寒食

春城無處不飛花。寒食東風御柳斜。日暮漢宮傳蠟燭。輕煙散入五侯家。

評曰：後半諷諭貴戚專橫。

宿石邑山中

浮雲不共此山齊。山靄蒼蒼望轉迷。曉月暫飛高樹裏。秋河隔在數峯西。

評曰：清朗圓潤，如曉月秋河。

郎士元字君胄，中山人，天寶十五載擢進士第。歷右拾遺，出爲郢州刺史。與錢起齊名。語曰，前有沈宋，後有錢郎。詩一卷，選二首。

聽鄰家吹笙

鳳吹聲如隔綵霞。不知墻外是誰家。重門深鎖無尋處。疑有碧桃千樹花。

評曰：輕盈閒適，不同凡響。

蓋少府新除江南尉問風俗

聞君作尉向江潭。吳越風煙到自諳。客路尋常隨竹影。人家大底傍山嵐。緣溪花木偏宜遠。避地衣冠盡向南。惟有夜猿啼海樹。思鄉望國意難堪。

評曰：全敍江南風景，略嫌呆板。

皇甫冉字茂政，潤州丹陽人。天寶十五載舉進士第一，累遷右補闕。詩二卷，選一首。

同諸公有懷絕句

舊國迷江樹。他鄉近海門。移家南渡久。童稚解方言。

送李山人還山

從來無檢束。只欲老煙霞。雞犬聲相應。深山有幾家。

評曰：全唐詩評冉詩，天機獨得，遠出情外，於此二首，可以見之。

劉方平河南人，不仕，詩一卷，選二首。

夜月

更深月色半人家。北斗闌干南斗斜。今夜偏知春氣暖。蟲聲新透綠窗紗。

評曰：白描細繪，清遠閒適。

春怨

紗窗日落漸黃昏。金屋無人見淚痕。寂寞空庭春欲晚。梨花滿地不開門。

評曰：淒涼悱惻，使人淚下。

王之渙（六九五—？）并州（現山西省太原市）人。天寶間與王昌齡等唱和，名動一時。詩六首，選二首。

登鸛雀樓

白日依山盡。黃河入海流。欲窮千里目。更上一層樓。

評曰：登高見遠，一覽無餘。

涼州詞（二首錄一）

黃河遠上白雲間。一片孤城萬仞山。羌笛何須怨楊柳。春風不度玉門關。

評曰：與王昌齡「秦時明月」出塞詩，並稱邊塞名作。

柳中庸 名淡，以字行，河東人，與柳宗元同族，蕭穎士之婿，仕爲洪府戶曹。詩十三首選三首。

征怨

歲歲金河復玉關。朝朝馬策與刀環。三春白雪歸青塚。萬里黃河遶黑山。

評曰：四句全對，不見奧板，氣盛格高故也。此法不宜多學。

江行

繁陰乍隱洲。落葉初飛浦。蕭蕭楚客帆。暮入寒江雨。

評曰：五絕多以閒適稱勝，此詩獨以挺拔見佳。與柳宗元「千山飛鳥絕」江雪詩，同一格調。

夜渡江（一作姚崇詩）

夜渚帶浮煙。蒼茫晦遠天。舟輕不覺動。纜急始知牽。聽笛遙尋岸。聞香暗識蓮。唯看去帆影。常似客心懸。

評曰：舟輕聯切景，聽笛聯發情。末聯起興作結，可稱佳什。

秦系 字公緒，會稽人，天寶末避亂為隱士，詩一卷，選一首。

題茅山李尊師山居

天師百歲少如童。不到山中竟不逢。洗藥每臨新瀑水。步虛時上最高峰。籬間五月留殘雪。座右千年蔭老松。此去人寰今遠近。回看雲壑一重重。

評曰：隱士與道士生活環境，靈犀相通，作詩留題，自非凡響。

嚴武 字季鷹，華州人，官累吏部尚書，封鄭國公。詩六首，選一首。

軍城早秋

昨夜秋風入漢關。朔雲邊月滿西山。更催飛將追驕虜。莫遣沙場匹馬還。

評曰：在邊塞詩中，可稱佳構。

耿湋 字洪源，河東人，登寶應元年進士第。官右拾遺，大曆十才子之一。詩二卷，選一首。

晚次昭應

落日向林路。東風吹麥隴。藤草蔓古渠。牛羊下荒塚。驪宮戶久閉。溫谷泉長湧。為問全盛時。何人最榮寵。

評曰：全唐詩稱湋詩不深琢削而風格自勝，可以此詩爲例。

竇叔向字遺直，京兆人。官左拾遺。五子羣、常、牟、庠、鞏，皆工詞章。詩九首，選一首。

夏夜宿表兄話舊

夜合花開香滿庭。夜深微雨醉初醒。遠書珍重何曾達。舊事淒涼不可聽。去日兒童皆長大。昔年親友半凋零。明朝又是孤舟別。愁見河橋酒幔青。

評曰：句句從肺腑中吐出，眞情摯意，感人甚深。

竇常字中行，大曆中及進士第，隱居著書二十年，後官至水部員外郎，出刺朗州、固陵、潯陽、臨川四郡，入爲國子祭酒致仕。詩二十六首，選一首。

之任武陵寒食日途次松滋渡先寄劉員外禹錫

杏花榆莢曉風前。雲際離離上峽船。江轉數程淹驛騎。楚曾三戶少人煙。看春又過清明節。算老重經癸巳年。幸得柱山當郡舍。在朝長詠卜居篇。

評曰：出筆持重，對仗工穩。

戴叔倫（七三二—七八九）字幼公，潤州金壇（現屬江蘇省）人，官至撫州刺史，容管經略史。詩二卷，選四首。

除夜宿石頭驛

旅館誰相問。寒燈獨可親。一年將盡夜。萬里未歸人。寥落悲前事。支離笑此身。愁顏與衰鬢。明日又逢春。

評曰：旅館除夕，萬感蒼涼。第二聯佳句。

暉上人獨坐亭

蕭條心境外。兀坐獨參禪。蘿月明盤石。松風落澗泉。性空長入定。心悟自通玄。去住渾無跡。青山謝世緣。

評曰：從修禪着筆，語不空泛。

寄孟郊

亂餘城郭怕經過。到處閒門長薜蘿。用世空悲聞道淺。入山偏喜識僧多。醉歸花徑雲生屨。樵罷松巖雪滿蓑。石上幽期春又暮。何時載酒聽高歌。

評曰：隱居生涯，別有天地。

春怨

金鴨香消欲斷魂。梨花春雨掩重門。欲知別後相思意。回看羅衣積淚痕。

評曰：幽思別意，無限淒涼。

盧綸（七四八——八〇〇？）字允言，河中蒲人（現山西省永濟縣西）。大曆初，數舉進士不第。累官監察御史，檢校戶部郎中。詩五卷，選六首。

酬暢當尋嵩岳麻道士見寄（此詩重見岑參詩中，全唐詩並未註明）

聞逐樵夫閒看棋。忽逢人世是秦時。開雲種玉嫌山淺。渡海傳書怪鶴遲。陰洞石牀微有字。古壇松樹半無枝。煩君遠示青囊籙。願得相從一問師。

評曰：從訪道立言，典實活用，可稱佳構。

晚次鄂州

雲開遠見漢陽城。猶是孤帆一日程。估客晝眠知浪靜。舟人夜語覺潮生。三湘衰鬢逢秋色。萬里歸心對月明。舊業已隨征戰盡。更堪江上鼓鼙聲。

評曰：第二聯非親歷其境，不能道出。後半感觸萬端。

夜投豐德寺謁海上人（一作李端詩）

半夜中峰有磬聲。偶逢樵者問山名。上方月曉聞僧語。下路林疏見客行。野鶴巢邊松最老。毒龍潛處水偏清。願得遠公知姓字。焚香洗鉢過浮生。

評曰：第二聯點化夜投二字。餘亦工整。

李端公（一作嚴維詩題作送李端）

故關衰草遍。離別自堪悲。路出寒雲外。人歸暮雪時。少孤爲客早。多難識君遲。掩淚空相向。風塵何處期。

評曰：至情至性文章，非凡手可幾。

至德中途中書事却寄李僩

亂離無處不傷情。況復看碑對古城。路遶寒山人獨去。月臨秋水雁空驚。顏衰重喜歸鄉國。身賤多慚問姓名。今日主人還共醉。應憐世故一儒生。

評曰：起聯矯健不凡，四中句戛戛獨造，身賤句爲嘔心之作。

落第後歸終南別業

久爲名所誤。春盡始歸山。落羽羞言命。逢人強破顏。交疎貧病裏。身老是非間。不及東溪月。漁翁夜往還。

評曰：起聯爲全篇綱領，力敵萬鈞。中四句表達落第後之辛酸。末聯翻新作結。

李益（七四八－八二七）字君虞，姑臧（現甘肅省武威縣）人，大曆四年登進士第。太和初以禮部尚書致仕。詩與李賀齊名。詩二卷，選四首。

喜見外弟又言別

十年離亂後。長大一相逢。問姓驚初見。稱名憶舊容。別來滄海事。語罷暮天鐘。明日巴陵道。秋山又幾重。

評曰：眞實誠摯，感人甚深。第二聯是名句。

鹽州過胡兒飲馬泉

綠楊著水草如煙。舊是胡兒飲馬泉。幾處吹笳明月夜。何人倚劍白雲天。從來凍合關山路。今日分流漢使前。莫遺行人照容鬢。恐驚憔悴入新年。

評曰：情景分描，音韻朗潤。

江南詞
嫁得瞿塘賈。朝朝悞妾期。早知潮有信。嫁與弄潮兒。
評曰：見少別多，哀怨彌深。在五絕中可稱名作。
夜上受降城聞笛
回樂峰前沙似雪。受降城外月如霜。不知何處吹蘆管。一夜征人盡望鄉。
評曰：征人心情，盡於末句七字中。全詩寫景寫聲，不言哀感而哀感無窮，此乃詩家妙諦。
李端 字正己，趙郡人，大曆五年進士。與盧綸、吉中孚、韓翃、錢起、司空曙、苗發、崔峒、耿湋、夏審唱和，號大曆十才子，初授校書郎，後移疾江南，官杭州司馬卒。詩三卷，選二首。
雲際中峰居喜見苗發
自得中峰住。深林亦閉關。經秋無客到。入夜有僧還。暗澗泉聲小。荒村樹影閒。高窗不可望。星月滿空山。
評曰：孋澹幽遠，靜趣無窮。第二聯造句用字尤見手法。
宿淮浦憶司空文明
愁心一倍長離憂。夜思千重戀舊遊。秦地故人成遠夢。楚天涼雨在孤舟。諸溪近海潮皆應。獨樹邊淮葉盡流。別恨轉深何處寫。前程唯有一登樓。

評曰：起聯「愁心」「離憂」「夜思」似嫌重複呆板。第二聯精華所在。末句無甚意義。

司空曙字文明，廣平人，登進士第，貞元中爲水部郎中。終虞部郎中。爲大曆十才子之一。詩二卷，選三首。

喜外弟盧綸見宿

靜夜四無鄰。荒居舊業貧。雨中黃葉樹。燈下白頭人。以我獨沉久。愧君相見頻。平生自有分。況是蔡家親。

評曰：悽切親摯，使人感動。

送張鍊師還峨嵋山

太一天壇天柱西。垂蘿爲幌石爲梯。前登靈境青霄絕。下視人間白日低。松籟萬聲和管磬。丹光五色雜虹蜺。春山一入尋無路。鳥響煙深水滿溪。

評曰：詠山極佳，惟對張鍊師還山，一字未提，不免失題。

送鄭佶歸洛陽

蒼蒼楚色水雲間。一醉春風送爾還。何處鄉心最堪羨。汝南初見洛陽山。

評曰：還鄉未到，初見家山，卽驚喜異常，寫盡遊子心境，然非有經歷，未易體認。

王建（七六八—八三〇？）字仲初，潁川人（現河南省許昌市）。大曆十年進士。太和中出爲陝州司馬，從軍塞上。後歸咸陽，卜居原上。工樂府，與張籍齊名。至其宮詞百首，雖傳誦當時，並不見佳。詩六卷，選十二首。

望夫石

望夫處。江悠悠。化爲石。不回頭。山頭日日風復雨。行人歸來石應語。

評曰：言短情長，振呼有力，行人不歸，石亦無語，而以反語出之，哀怨彌深。

短歌行

人初生。日初出。上山遲。下山疾。百年三萬六千朝。夜裏分將強半日。有歌有舞須早爲。昨日健於今日時。人家見生男女好。不知男女催人老。短歌行。無樂聲。

評曰：聲味筆調，直追漢代。

當窗織

歎息復歎息。園中有棗行人食。貧家女爲富家織。翁母隔墻不得力。水寒手澁絲脆斷。續來續去心腸爛。草蟲促促機下啼。兩日催成一疋半。輸官上頂有零落。姑未得衣身不着。當窗却羨青樓倡。十指不動衣盈箱。

評曰：耕不得食，織不得衣，亂世尤甚。末二語乃本史記「勤刺繡不如倚里門」之意，係諷諭之作，惜太質直。

行見月

月初生。居人見月一月行。行行一年十二月。強半馬上看盈缺。百年歡樂能幾何。在家見少行見多。不緣衣食相驅遣。此身誰願長奔波。篋中有帛倉有粟。豈向天涯走碌碌。家人見月望我歸。正是道上思家時。

評曰：行人之苦，坦誠宣告，贏人同情。

贈王樞密（內官王守澄）

三朝行坐鎮相隨。今上春宮見小時。脫下御衣先賜著。進來龍馬每敎騎。長承密旨歸家少。獨奏邊機出殿遲。自是姓同親向說。九重爭得外人知。

評曰：筆簡意達，寫出內官恩寵。守澄乃仲初之族叔，初見成四句，怫然不悅。謂內廷事，汝何由知之，仲初遂以後四句爲解，守澄方省係自己所說，一笑而罷。以詩言詩，並非佳作，惟覩此可知詩之轉折方法。

昭應官舍

癡頑終日羨人閒。却喜因官得近山。斜對寺樓分寂寂。遠從溪路借潺潺。眇身多病唯親藥。空院無錢不要關。文案把來看未會。雖書一字甚慚顏。

評曰：造句用字，別有手法，如第一句及第二聯組合神奇，曾未得見。「分」「借」二字下得妙，若另換一字，即不成句。

贈田將軍

初從學院別先生。便領偏師得戰名。大小獨當三百陣。縱橫祇用五千兵。回殘疋帛歸天庫。分好旌旗入禁營。自執金吾長上直。蓬萊宮裏夜巡更。

評曰：局勢謹嚴，無懈可擊，寫田將軍之忠勇廉勤，面面精到。

送宮人入道

休梳叢鬢洗紅妝。頭戴芙蓉出未央。弟子抄將歌遍疊。宮人分散舞衣裳。問師初得經中字。入靜猶燒內裏香。發願蓬萊見王母。却歸人世施仙方。

評曰：不枯不麗，不急不徐。

新嫁娘詞（三首錄一）

三日入厨下。洗手作羹湯。未諳姑食性。先遣小姑嘗。

評曰：詞意淺近而深入，誠屬著名小詩。

故行宮（一作元稹詩，全唐詩並未注明）

寥落古行宮。宮花寂寞紅。白頭宮女在。閒坐說玄宗。

評曰：繁華事散，不勝今昔之感。忍聽白頭宮女話天寶遺事，寥寥四句，冠絕一時矣。

江陵使至汝州

回看巴路在雲間。寒食離家麥熟還。日暮數峰青似染。商人說是汝州山。

評曰：從虛點綴，力避寫實，此又一詩法也。

十五夜望月寄杜郎中

中庭地白樹棲鴉。冷露無聲濕桂花。今夜月明人盡望。不知秋思在誰家。

評曰：前半寫景，道盡淒涼，末句反結，更見辛酸。

朱灣 字巨川，西蜀人，官永平從事，詩一卷，選一首。

尋隱者韋九山人於東溪草堂

尋得仙源訪隱淪。漸來深處漸無塵。初行竹裏唯通馬。直到花間始見人。四面雲山誰作主。數家煙火自爲鄰。路傍樵客何須問。朝市如今不是秦。

評曰：中四句寫隱居境地，別有逸致。末聯從反作結，意義深長。

張志和 字子同，婺州金華人，年十六擧明經，肅宗時，待詔翰林，後不復仕進，居江湖，自稱煙波釣叟，詩九首，選一首。

漁父

八月九月蘆花飛。南溪老人垂釣歸。秋山入簾翠滴滴。野艇依檻雲依依。却把漁竿尋小徑。閒梳鶴髮對斜暉。翻嫌四皓曾多事。出爲儲皇定是非。

評曰：煙波釣叟自身寫照。意甚閒逸，筆亦曉暢。結聯雖與題無關，就論史言，可稱名句。

于鵠 大曆貞元間詩人，隱居漢陽，嘗爲諸府從事。詩一卷，選一首。

送宮人入道歸山

十歲吹簫入漢宮。看修水殿種芙蓉。自傷白髮辭金屋。許著黃衣向玉峰。解語老猿開曉戶。學飛雛鶴落高松。定知別後宮中伴。應聽緱山半夜鐘。

評曰：宮人入道，去煩惱而歸清淨，詩從此處著眼，顯見眞切。

楊巨源 字景山，汀中人，貞元五年擢進士第。官歷大常博士，禮部員外郎，國子司業。七十致仕。詩一卷，選二首。

和侯大夫秋原山觀征人回

兩河戰罷萬方清。原上軍回識舊營。立馬望雲秋塞靜。射雕臨水晚天晴。戍閒部伍分歧路。地遠家鄉寄旆旌。聖代止戈資廟略。諸侯不復更長征。

評曰：氣勢壯濶雄偉，惜末聯稍懈。

寄江州白司馬

江州司馬平安否。惠遠東林住得無。湓浦曾聞似衣帶。廬峰見說勝香爐。題詩歲晏離鴻斷。望闕天遙病鶴孤。莫謾拘牽雨花社。青雲依舊是前途。

評曰：從江州發論，望闕句感慨深長。

韓愈（七六八—八二四）字退之，南陽（現屬河南省）人。少孤，刻苦爲學，盡通六經百家。貞元八年，擢進士第。才高好直言，屢被黜貶。官歷監察御史，中書舍人，兵部侍郎。爲詩豪放，不避麤險，以文爲詩，奧澀難曉，可讀而不可學也。然亦有人喜其橫空硬語，妥帖排奡。詩十卷，選十首。

忽忽

忽忽乎余未知生之爲樂也。願脫去而無因。安得長翮大翼如雲生我身。乘風振奮。出六合絕浮塵。死生哀樂兩相棄。是非得失付閒人。

評曰：橫空排奡，力敵萬鈞。

贈唐衢

虎有爪兮牛有角。虎可搏兮牛可觸。奈何君獨抱奇材。手把鋤犂餓空谷。當今天子急賢良。匭函朝出開明光。胡不上書自薦達。坐令四海如虞唐。

評曰：韓詩如此首之通達曉暢，不可多得。

過鴻溝

龍疲虎困割川原。億萬蒼生性命存。誰勸君王回馬首。眞成一擲賭乾坤。

評曰：詞筆如勇士惡鬥，擲拿有力。

次潼關先寄張十二閣老使君

荊山已去華山來。日出潼關四扇開。刺史莫辭迎候遠。相公新破蔡州迴。

評曰：前半詠景，後半詠事，若斷若續，相接相成。

晉公破賊回重拜台司以詩示幕中賓客愈奉和

南伐旋師太華東。天書夜到冊元功。將軍舊壓三司貴。相國新兼五等崇。鵷鷺欲歸仙仗裏。熊羆還入禁營中。長慚典午非材職。得就閒官卽至公。

評曰：末聯似嫌爲己干進。

左遷至藍關示姪孫湘（湘愈姪十二郎之子登長慶三年進士第）

一封朝奏九重天。夕貶潮州（一作陽）路八千。欲爲聖朝除弊事。肯將衰朽惜殘年。雲橫秦嶺家何在。雪擁藍關馬不前。知汝遠來應有意。好收吾骨瘴江邊。

評曰：感情橫溢，氣象悲壯。結語以身後爲託，不盡悽愴。

遊西林寺題（一作故）蕭二兄郎中存舊堂（自注蕭兄有女出家）

中郎有女能傳業。伯道無兒可保家。偶到匡山曾住處。幾行衰淚落煙霞。

評曰：退之詩多言事而少言情，多使文而少韻味。此詩則大異其趣，可稱佳什。

酒中留上襄陽李相公

自注：李逢吉也。愈元和十一年正月，爲中書舍人，而逢吉以其年二月，自舍人拜相。

濁水汙泥清路塵。還曾同制掌絲綸。眼穿長訝雙魚斷。耳熱何辭數爵頻。銀燭未銷窗送曙。金釵半醉座添春。知公不久歸鈞軸。應許閒官寄病身。

評曰：退之七律氣力充沛而韻味不足。此詩亦然。

去歲自刑部侍郎以罪貶潮州刺史乘驛赴任其後家亦譴逐小女道死殯之層峰驛旁山下蒙恩還朝過其墓留題驛梁

數條藤束木皮棺。草殯荒山白骨寒。驚恐入心身已病。扶舁沿路衆知難。繞墳不暇號三匝。設祭惟聞飯一盤。致汝無辜由我罪。百年慚痛淚闌干。

評曰：悲傷哀痛，不忍卒讀。

贈賈島

孟郊死葬北邙山。從此風雲得暫閒。天恐文章渾斷絕。更生賈島着人間。

評曰：史稱退之好誘進後學。以之成名者甚衆，於此詩可見。

王涯 字廣津，太原人，貞元中擢進士又舉宏辭。官歷中書侍郎同中書門下平章事，劍南東川節度使，吏部尚書，太常卿。李訓謀誅宦官，事敗，涯亦及禍。詩一卷，選一首。

秋夜曲

桂魄初生秋露微。輕羅已薄未更衣。銀箏夜久殷勤弄。心怯空房不忍歸。

評曰：秋思沉重，百無聊賴。

陳羽 江東人，登貞元進士第，官樂宮尉佐。詩一卷，選三首。

送靈一上人

十年勞遠別。一笑喜相逢。又上青山去。青山千萬重。

戲題山居二首（錄一）

雖有柴門長不關。片雲高木共身閒。猶嫌住久人知處。見欲移居更上山。

過櫟陽山谿

衆草穿沙芳色齊。蹋莎行草過春谿。閒雲相引上山去。人到山頭雲却低。

評曰：陳羽詩詞筆清新，韻味悠揚，陶醉於大自然境地，有新境界。

卷八

柳宗元

柳宗元（七七三—八一九）字子厚，河東人（現山西省永濟縣附近）。登進士第，應舉宏辭。貞元十九年爲監察御史。王叔文，韋執誼用事，擢爲尚書禮部員外郎。後叔文敗，貶永州司馬，元和十年爲柳州刺史。元和十四年卒，年四十七。詩四卷，選十一首。

衡陽與夢得分路贈別

十年顦顇到秦京。誰料翻爲嶺外行。伏波故道風煙在。翁仲遺墟草樹平。直以慵疎招物議。休將文字占時名。今朝不用臨河別。垂淚千行便濯纓。

評曰：生死契濶，情感奔放，「直以」「休將」詞彙用得妙。

長沙驛前南樓感舊（自注昔與德公別於此）

海鶴一爲別。存亡三十秋。今來數行淚。獨上驛南樓。

評曰：平實寫來，而有深味，情眞故也。

登柳州城樓寄漳汀封連四州

城上高樓接大荒。海天愁思正茫茫。驚風亂颭芙蓉水。密雨斜侵薜荔牆。嶺樹重遮千里目。江流曲似九廻腸。共來百越文身地。猶自音書滯一鄉。

評曰：窮荒謫宦，愁思百結。

柳州峒氓

郡城南下接通津。異服殊音不可親。青箬裹鹽歸峒客。綠荷包飯趁虛（嶺南人呼市爲虛）人。鵝毛禦臘縫山罽。雞骨占年拜水神。愁向公庭問重譯。欲投章甫作文身。

評曰：山族生活服飾，掇擷無遺。

柳州二月榕葉落盡偶題

宦情羈思共悽悽。春半如秋意轉迷。山城過雨百花盡。榕葉滿庭鶯亂啼。

評曰：子厚詩多峻拔有力，而此詩幽雅可愛。

別舍弟宗一

零落殘紅倍黯然。雙垂別淚越江邊。一身去國六千里。萬死投荒十二年。桂嶺瘴來雲似墨。洞庭春盡水如天。欲知此後相思夢。長在荊門郢樹煙。

評曰：流離苦痛，骨肉親情，橫溢紙上。

溪居

久爲簪組累。幸此南夷謫。閒依農圃鄰。偶似山林客。曉耕翻露草。夜傍響溪石。來往不逢人。長歌楚天碧。

評曰：心身解脫，能於謫貶中悠閒自在，足徵學養。篇末二句別有天地，隱寓楚狂「鳳兮」放歌之意而不露。

雨後曉行獨至愚溪北池

宿雲散洲渚。曉日明村塢。高樹臨清池。風驚夜來雨。予心適無事。偶此成賓主。

評曰：與前一首同一境界，同一襟懷。

夏晝偶作

南州溽暑醉如酒。隱几熟眠開北牖。日午獨覺無餘聲。山童隔竹敲茶臼。

評曰：萬籟俱寂，別有天地。

江雪

千山鳥飛絕。萬徑人蹤滅。孤舟蓑笠翁。獨釣寒江雪。

評曰：詩旨清寂，詞筆峻峭。

漁翁

漁翁夜傍西巖宿。曉汲清湘燃楚竹。煙銷日出不見人。欸乃一聲山水綠。廻看天際下中流。巖上無心雲相逐。

評曰：獨立出塵，置身世外。

劉禹錫（七七一—八四二）字夢得，彭城人（現屬江蘇省徐州）。貞元九年擢進士第。登博學宏詞科。任監察御史。王叔文任爲屯田員外郎。叔文敗坐貶連州刺史，在道貶朗州司馬。居十年召還，將置之郎署。以作玄都觀詩，復出刺播州改連州，徙夔和二州。久之徵入爲主客郎中。又以作重遊玄都觀詩，出分司東都。官至太子賓客分司。會昌時加檢校禮部尚書，卒年七十二，贈戶部尚書。詩十二卷。選十七首。

蜀先主廟

天地英雄氣。千秋尚凜然。勢分三足鼎。業復五銖錢。得相能開國。生兒不象賢。淒涼蜀故妓。來舞魏宮前。

評曰：切實點陳，文不虛發。末聯尤多哀感。

松滋渡望峽中

渡頭輕雨灑寒梅。雲際溶溶雪水來。夢渚草長迷楚望。夷陵土黑有秦灰。巴人淚應猿聲落。蜀客船從鳥道回。十二碧峯何處所。永安宮外是荒臺。

評曰：楚蜀景物，羅列詩中，其清遠處，洵不可及。

西塞山懷古

王濬樓船下益州。金陵王氣黯然收。千尋鐵鎖沉江底。一片降旛出石頭。人世幾回傷往事。山形依舊枕寒流。從今四海爲家日。故壘蕭蕭蘆荻秋。

評曰：此爲名世之作。感古興懷，用典狀景，均屬上乘，無怪同吟者之擱筆也。

酬樂天揚州初逢席上見贈

巴山楚水淒涼地。二十三年棄置身。懷舊空吟聞篴賦。到鄉翻似爛柯人。沉舟側畔千帆過。病樹前頭萬木春。今日聽君歌一曲。暫憑杯酒長精神。

評曰：仕途頓塞，情見乎辭。沉舟聯含意甚深。亦爲見道之言。詩之最高境界，須寓有哲理，可於此知之。

再授連州至衡陽酬柳柳州贈別

去國十年同赴召。渡湘千里又分岐。重臨事異黃丞相。三黜名慚柳士師。歸目併隨回雁盡。愁腸正遇斷猿時。桂江東過連山下。相望長吟有所思。

評曰：劉柳爲生死患難之交，故辭多懇摯。筆墨之雄壯謹嚴，是其餘事。重臨聯自嘲自慰，用典自然。

望夫山

何代提戈去不還。獨留形影白雲間。肌膚銷盡雪霜色。羅綺點成苔蘚斑。江燕不能傳遠信。野花空解妒愁顏。近來豈少征人婦。笑採蘼蕪上北山。

巫山神女廟

巫山十二鬱蒼蒼。片石亭亭號女郎。曉霧乍開疑卷幔。山花欲謝似殘妝。星河好夜聞清佩。雲雨歸時帶異香。何事神仙九天上。人間來就楚襄王。

評曰：右二首格調作風相似。表情狀景，刻化入神。第二首第七句九天上三字，陳君鼎環擬改爲天宇上。

元和十一年自朗州召至京戲贈看花諸君子

紫陌紅塵拂面來。無人不道看花回。玄都觀裏桃千樹。盡是劉郎去後栽。

再遊玄都觀并引

余貞元二十一年，爲屯田員外郎時，此觀未有花，是歲出牧連州，尋貶朗州司馬，居十年召至京師，人人皆言，有道士手植仙桃滿觀如紅霞，遂有前篇，以志一時之事。旋又出牧，今十有四年，復爲主客郎中，重遊玄都觀，蕩然無復一樹，唯兎葵燕麥，動搖於春風耳。因再題二十八字，以俟後遊。時太和二年三月。

百畝庭中半是苔。桃花淨盡菜花開。種桃道士歸何處。前度劉郎今又來。

評曰：右二詩寫出朝市滄桑，政潮變幻。劉郎重來，百感交集。語怨而諷。無怪被當權者所惡，而一再遭謫譴，然八司馬不屈之風概，亦可於此中見之。

金陵五題（并序錄三）

余少爲江南客而未遊秣陵，嘗有遺恨。後爲歷陽守，跂而望之，適有客以金陵五題相示，逌爾生思，欻然有得，他日友人白樂天，掉頭苦吟，歎賞良久，且曰，石頭詩云，潮打空城寂寞回，吾知後之詩人，不復措詞矣。餘四詠雖不及此，亦不孤樂天之言耳。

石頭城

山圍故國周遭在。潮打空城寂寞回。淮水東邊舊時月。夜深還過女牆來。

烏衣巷

朱雀橋邊野草花。烏衣巷口夕陽斜。舊時王謝堂前燕。飛入尋常百姓家。

臺城

臺城六代競豪華。結綺臨春事最奢。萬戶千門成野草。只緣一曲後庭花。
評曰：右三首不僅爲禹錫得意之作，亦爲唐詩中成功之什。每首前二句皆起興，後二句則皆爲賦，含意深而悠揚不盡。宜白公亦爲之折倒也。

與歌者何戡

二十餘年別帝京。重聞天樂不勝情。舊人唯有何戡在。更與殷勤唱渭城。
評曰：與杜工部江南逢李龜年詩，同曲同工。

贈李司空妓

高髻雲鬟宮樣妝。春風一曲杜韋娘。（曲名）司空見慣渾閒事。斷盡蘇州刺史腸。
評曰：後半抑揚頓挫，才氣縱橫。

同樂天登棲靈寺塔

步步相携不覺難。九層雲外倚闌干。忽然笑語半天上。無限遊人舉眼看。
評曰：居高臨下，昂首青雲，得意之事，得意之筆。

楊柳枝

春江一曲柳千條。二十年前舊板橋。曾與美人橋上別，恨無消息到今朝。

樓上

江上樓高二十梯。梯梯登遍與雲齊。人從別浦經年去。天向平蕪盡處低。

評曰：折柳傷別，登樓懷人，最易動感興懷。其造句之美，非人所及。

張仲素字繪之，河間人，憲宗時爲翰林學士，終中書舍人。詩一卷，選五首。

塞下曲（五首）

三戍漁陽再度遼。騂弓在臂劍橫腰。匈奴似若知名姓。休傍陰山更射雕。
獵馬千行雁幾雙。燕然山下碧油幢。傳聲漠北單于破。火照旌旗夜受降。
朔雪飄飄開雁門。平沙歷亂卷蓬根。功名恥計擒生數。直斬樓蘭報國恩。
隴水潺湲隴樹秋。征人到此淚雙流。鄉關萬里無因見。西戍河源早晚休。
陰磧茫茫塞草肥。桔槔烽上暮雲飛。交河北望天連海。蘇武曾將漢節歸。

評曰：筆力峭拔，氣勢雄壯。不失爲邊塞佳作。

崔護字殷功，博陵人（河北定縣）。貞元十二年登進士第。終嶺南節度使。詩六首，選一首。

題都城南莊

去年今日此門中。人面桃花相映紅。人面不知何處在。桃花依舊笑春風。

評曰：情深似海，筆潤如珠。

呂溫字和叔，一字化光，河中人，貞元末擢進士第。官至戶部員外郎。後貶均州刺史。詩二卷。選一首。

劉郎浦口號

吳蜀成婚此水潯。明珠步障幄黃金。誰將一女輕天下。欲換劉郎鼎峙心。

評曰：後半輕踢，指明東吳枉費心機。論史佳什。

孟郊（七五一—八一四）字東野，湖州武康人（現屬浙江省）。少隱嵩山，性介少諧合。韓愈一見爲忘形交，年五十得進士第。調溧陽尉。鄭餘慶鎭興元，奏爲參謀。詩十卷，選五首。

列女操

梧桐相待老。鴛鴦會雙死。貞女貴殉夫。捨生亦如此。波瀾誓不起。妾心井中水。

評曰：嶄削峻拔，一字千鈞。如將末二句倒置，則氣力衰竭，讀者應加領悟。

遊子吟（自註迎母溧上作）

慈母手中線。遊子身上衣。臨行密密縫。意恐遲遲歸。誰言寸草心。報得三春暉。

評曰：從慈愛言，不落常徑，右二首俱係名作。

織婦辭

夫是田中郎。妾是田中女。當年嫁得君。爲君秉機杼。筋力日已疲。不息窗下機。如何織紈素。自著藍縷衣。官家牓村路。更索栽桑樹。

評曰：民家耕織不得自用，官家徵歛，布穀滿倉，此亦社會詩也。

望夫石

望夫石。夫不來兮江水碧。行人悠悠朝與暮。千年萬年色如故。

評曰：詞筆峻簡，意義深長。

登科後

昔日齷齪不足誇。今朝放蕩思無涯。春風得意馬蹄疾。一日看盡長安花。

評曰：東野年五十始登進士第，忘形得意，終見器小。

張籍（七六八—八三〇）字文昌，蘇州吳人，或曰和州烏江人，貞元十五年登進士第，授太常寺太祝，久之遷秘書郎，仕終國子司業。詩五卷。長於樂府多警句。選八首。

節婦吟寄東平李司空師道

君知妾有夫。贈妾雙明珠。感君纏綿意。繫在紅羅襦。妾家高樓連苑起。良人執戟明光裏。知君用心如日月。事夫誓擬同生死。還君明珠雙淚垂。何不相逢未嫁時。

評曰：用比明志，得詩人之旨。詞語委婉決絕，允傳千古。

夜到漁家

漁家在江口。潮水入柴扉。行客欲投宿。主人猶未歸。竹深村路遠。月出釣船稀。遙見尋沙岸。春風動草衣。

評曰：漁家風景，眞實如畫。

送遠使

揚旌過隴頭。隴水向西流。塞路依山遠。戍城逢笛秋。寒沙陰漫漫。疲馬去悠悠。爲問征行將。誰封定遠侯。

評曰：塞外景色，愴凉欲絕。

寄紫閣隱者

紫閣氣沉沉。先生住處深。有人時得見。無路可相尋。夜鹿伴茅屋。秋猿守栗林。唯應採靈藥。更不別營心。

評曰：就隱者生活環境立言，文不離題。

沒蕃故人

前年伐月支。城上沒全師。蕃漢斷消息。死生長別離。無人收廢帳。歸馬識殘旗。欲祭疑君在。天涯哭此時。

評曰：此爲著名之五律，後四句下筆若有神助。與節婦吟樂府，同垂千古。

贈王侍御

心同野鶴與塵遠。詩似冰壺見底清。府縣同趨昨日事。升沉不改故人情。上陽春晚蕭蕭雨。洛水寒來夜夜聲。自歎獨爲折腰吏。可憐驄馬路旁行。

評曰：起聯突兀非凡，第四句反官場習氣，名言可傳。

哭孟寂

曲江院裏題名處。十九人中最少年。今日春光君不見。杏花零落寺門前。

評曰：拙筆直寫，反見情眞。

秋思

洛陽城裏見秋風。欲作家書意萬重。忽恐匆匆說不盡。行人臨發又開封。

評曰：離情旅思，盡在此二十八字中。與岑參逢入京使詩，同垂不朽。

盧仝范陽人，隱少室山，自號玉川子，徵諫議不起。韓愈爲河南令，愛其詩，厚禮之。後因宿王涯第，罹甘露之禍。詩三卷。選一首。

喜逢鄭三遊山

相逢之處花茸茸。石壁攢峯千萬重。他日期君何處好。寒流石上一株松。

評曰：玉川子詩，非文非詩，似通不通，詩三卷無一可讀，惟此詩深有唐味，末句境界尤高，除第一句外，似非玉川子之手筆。

李賀（七九〇－八一六）字長吉，河南宜陽人。七歲能辭章，因高軒過詩，深得韓愈、皇甫湜之讚揚而得名。每旦日騎弱馬，從小奚奴背古錦囊，遇所得書投囊中，及暮歸足成之，詩尚奇詭，絕去畦徑。當時無能效者。仕爲協律郎。卒年二十七。詩五卷。選四首。

南國十三首（錄三）

男兒何不帶吳鈎。收取關山五十州。請君暫上凌煙閣。若箇書生萬戶侯。

尋章摘句老雕蟲。曉月當簾掛玉弓。不見年年遼海上。文章何處哭秋風。

小樹開朝徑。長茸濕夜煙。柳花驚雪浦。麥雨漲溪田。古剎疏鐘度。遙嵐破月懸。沙頭敲石火。燒竹照漁船。

高軒過（韓愈皇甫湜見過因而命作）

華裾織翠青如葱。金環壓轡搖玲瓏。馬蹄隱耳聲隆隆。入門下馬氣如虹。云是東京才子文章鉅公。二十八宿羅心胸。九精照耀貫當中。殿前作賦聲摩空。筆補造化天無功。龐眉書客感秋蓬。誰知死草生華風。我今垂翅附冥鴻。他日不羞蛇作龍。

評曰：長吉詩絕去畦徑，奇語險怪，鬼才而非正宗，右數首尚有畦徑可尋，故錄之。

劉叉（八一〇年前後）元和時人。少任俠，因酒殺人亡命，會赦出，更折節讀書，能爲歌詩。謁韓愈，作冰柱、雪車二詩，後以爭語不能下賓客，因持愈金數斤去，曰，此諛墓中人得耳，不若與劉君爲壽，遂行，歸齊魯，不知所終。詩一卷。選三首。

作詩

作詩無知音。作不如不作。未逢賡載人。此道終寂寞。有虞今已歿。來者誰爲託。朗詠豁心胸。筆與淚俱落。

古怨

君莫嫌醜婦。醜婦死守貞。山頭一怪石。長作望夫名。鳥有並翼飛。獸有比肩行。丈夫不立義。豈如鳥獸情。

塞上逢盧仝

直到桑乾北。逢君夜不眠。上樓腰脚健。懷土眼睛穿。斗柄寒垂地。河流凍徹天。羈魂泣相向。何事有詩篇。

評曰：劉叉詩全如其人，粗醜而欠清雅，但跌宕突兀而有奇氣，茲選數首，以示唐詩中有此一格也。

元稹（七七九—八三一）字微之，河南河內人（現河南省洛陽市）。幼孤。舉明經書判入等補校書郎。累官工部侍郎同平章事。卒年五十三。自少與白居易倡和，世稱元和體。其集與白同名長慶。詩二十八卷。選十四首。

遣悲懷（三首）

謝公最小偏憐女。嫁與黔婁百事乖。顧我無衣搜畫篋。泥他沽酒拔金釵。野蔬充膳甘長藿。落葉添薪仰古槐。今日俸錢過十萬。與君營奠復營齋。

昔日戲言身後意。今朝皆到眼前來。衣裳已施行看盡。針線猶存未忍開。尚想舊情憐婢僕。也曾因夢送錢財。誠知此恨人人有。貧賤夫妻百事哀。

閑坐悲君亦自悲。百年都是幾多時。鄧攸無子尋知命。潘岳悼亡猶費詞。同穴窅冥何所望。他生緣會更難期。唯將終夜長開眼。報答平生未展眉。

評曰：瑣事追述，更見情眞。「貧賤夫妻百事哀」乃千古名言。

鄂州寓館嚴澗宅（時澗不在）

鳳有高梧鶴有松。偶來江外寄行踪。花枝滿院空啼鳥。塵榻無人憶臥龍。心想夜閒唯足夢。

看春盡不相逢。何時最是思君處。月入斜窗曉寺鐘。

曰：首聯盛讚澗宅，中四句未逢主人，末聯追進一層，使全首靈活生色。

聞樂天授江州司馬

燈無焰影幢幢。此夕聞君謫九江。垂死病中驚坐起。暗風吹雨入寒窗。

曰：七絕以含歛幽雅見勝，而此詩竟以粗拙呆笨見佳，因作者心情沉痛，不顧詞飾，反占上風。

閬州開元寺壁題樂天詩

憶君無計寫君詩。寫盡千行說向誰。題在閬州東寺壁。幾時知是見君時。

得樂天書

遠信入門先有淚。妻驚女哭問何如。尋常不省曾如此。應是江州司馬書。

評曰：此二首見元白之交情。詩以情勝，不在詞筆。

與李十一夜飲

寒夜燈前賴酒壺。與君相對興猶孤。忠州刺史應閒臥。江水猿聲睡得無。

評曰：情到筆隨，輕閒靈活。

酬樂天春寄微之

鸚心明點雀幽蒙。何事相將盡入籠。君避海鯨驚浪裏。我隨巴蟒瘴煙中。千山塞路音書絕。兩地知春曆日同。一樹梅花數升酒。醉尋江岸哭東風。

評曰：知己傷心同謳曰，臨風墜淚醉春時。

贈樂天

莫言鄰境易經過。彼此分符欲奈何。垂老相逢漸難別。白頭期限各無多。

重贈（樂人商玲瓏能歌歌予數十詩）

休遣玲瓏唱我詩。我詩多是別（一作寄）君詞。明朝又向江頭別。月落潮平是去時。

評曰：右二首千古知己，一往情深。

以州宅夸於樂天

州城迥遶拂雲堆。鏡水稽山滿眼來。四面常時對屏障。一家終日在樓臺。星河似向簷前落。鼓角驚從地底迴。我是玉皇香案吏。謫居猶得住蓬萊。

重夸州宅旦暮景色兼酬前篇末句

仙都難畫亦難書。暫合登臨不合居。繞郭煙嵐新雨後。滿山樓閣上燈初。人聲曉動千門闢。湖色宵涵萬象虛。爲問西州羅刹岸。濤頭衝突近何如。

評曰：右二首就州宅遣情狀景，不落虛筆。

連昌宮詞

連昌宮中滿宮竹。歲久無人森似束。又有牆頭千葉桃。風動落花紅蔌蔌。宮邊老翁爲余泣。小年進食曾因入。上皇正在望仙樓。太眞同凭闌干立。樓上樓前盡珠翠。炫轉熒煌照天地

。歸來如夢復如癡。何暇備言宮裏事。初過寒食一百六。店舍無煙宮樹綠。夜半月高弦索鳴
。賀老琵琶定場屋。力士傳呼覓念奴。念奴潛伴諸郎宿。須臾覓得又連催。特敕街中許然燭
。春嬌滿眼睡紅綃。掠削雲鬟旋裝束。飛上九天歌一聲。二十五郎吹管逐。逡巡大徧涼州徹
。色色龜茲轟錄續。李謩壓笛停宮牆。偸得新翻數般曲。平明大駕發行宮。萬人歌舞塗路中
。百官隊仗避岐薛。楊氏諸姨車鬥風。明年十月東都破。御路猶存祿山過。驅令供頓不敢藏
。萬姓無聲淚潛墮。兩京定後六七年。却尋家舍行宮前。莊園燒盡有枯井。行宮門閉樹宛然
。爾後相傳六皇帝。不到離宮門久閉。往來年少說長安。玄武樓成花萼廢。去年敕使因斫竹
。偶值門開暫相逐。荊榛櫛比塞池塘。狐兔驕癡緣樹木。舞榭欹傾基尚在。文窗窈窕紗猶綠
。塵埋粉壁舊花鈿。烏啄風箏碎珠玉。上皇偏愛臨砌花。依然御榻臨階斜。蛇出燕巢盤鬥栱
。菌生香案正當衙。寢殿相連端正樓。太眞梳洗樓上頭。晨光未出簾影黑。至今反挂珊瑚鉤
。指似傍人因慟哭。却出宮門淚相續。自從此後還閉門。夜夜狐狸上門屋。我聞此語心骨悲
。太平誰致亂者誰。翁言野父何分別。耳聞眼見爲君說。姚崇宋璟作相公。勸諫上皇言語切
。燮理陰陽禾黍豐。調和中外無兵戎。長官清平太守好。揀選皆言由相公。開元之末姚宋死
。朝廷漸漸由妃子。祿山宮裏養作兒。虢國門前鬧如市。弄權宰相不記名。依稀憶得楊與李
。廟謨顛倒四海搖。五十年來作瘡痏。今皇神聖丞相明。詔書纔下吳蜀平。官軍又取淮西賊
。此賊亦除天下寧。年年耕種宮道前。今年不遣子孫耕。老翁此意深望幸。努力廟謀休用兵。

評曰：作小詩難，作長詩更難。此長恨歌、連昌宮詞，所以流傳千古也。

卷九

白居易

白居易（七七二—八四六）字樂天，太原下邽（現陝西省渭南縣）人。貞元中擢進士第，召爲翰林學士，以言事貶江州司馬，穆宗初徵爲主客郎中知制誥。復乞外歷蘇杭二州刺史。會昌初以刑部尚書致仕。卒贈尚書右僕射，謚曰文。與元稹酬詠號元白，與劉禹錫酬詠號劉白，詩三十九卷。計二千八百餘首。玆選八十一首。

觀刈麥（時爲盩厔縣尉）

田家少閑月。五月人倍忙。夜來南風起。小麥覆隴黃。婦姑荷簞食。童稚携壺漿。相隨餉田去。丁壯在南岡。足蒸暑土氣。背灼炎天光。力盡不知熱。但惜夏日長。復有貧婦人。抱子在其旁。右手秉遺穗。左臂懸敝筐。聽其相顧言。聞者爲悲傷。家田輸稅盡。拾此充飢腸。今我何功德。曾不事農桑。吏祿三百石。歲宴有餘糧。念此私自媿。盡日不能忘。

評曰：樂天多社會詩，反映民間疾苦，至足珍貴，惟嫌文筆鬆懈，疲弱乏力。如以詩作史，應視同珍品，若以詩言詩，未臻上乘。此類五言詩，錄一首以示例。

酬元九對新栽竹有懷見寄（頃有贈元九詩云有節秋竹竿故元感之因重見寄）

昔我十年前。與君始相識。曾將秋竹竿。比君孤且直。中心一以合。外事紛無極。共保秋竹心。風霜侵不得。始嫌梧桐樹。秋至先改色。不愛楊柳枝。春來輭無力。憐君別我後。

見竹長相憶。長欲在眼前。故栽庭戶側。分首今何處。君南我在北。吟我贈君詩。對之心惻惻。

評曰：元白知交情誼，千古不磨，其基礎建立在「共保秋竹心，風霜侵不得。」詩亦挺拔有力。

感鶴

鶴有不群者。飛飛在野田。飢不啄腐鼠。渴不飲盜泉。貞姿自耿介。雜鳥何翩翾。同遊不同志。如此十餘年。一興嗜欲念。遂爲矰繳牽。委質小池內。爭食群雞前。不惟懷稻粱。兼亦競腥羶。不惟戀主人。兼亦狎烏鳶。物心不可知。天性有時遷。一飽尚如此，況乘大夫軒。

評曰：一念之差，成敗所繫，警世箴言，諷諭良深。

放鷹

十月鷹出籠。草枯雉兔肥。下韝隨指顧。百擲無一遺。鷹翅疾如風。鷹爪利如錐。本爲鳥所設。今爲人所資。孰能使之然。有術甚易知。取其向背性。制在飢飽時。不可使長飽。不可使長飢。飢則力不足。飽則背人飛。乘飢縱搏擊。未飽須縶維。所以爪翅功。而人坐收之。聖明馭英雄。其術亦如斯。鄙語不可棄。吾聞諸獵師。

評曰：雖以文作詩，而詩味甚濃，不成爲有韻之文。

送王處士

王門豈無酒。侯門豈無肉。主人貴且驕。待客禮不足。望塵而拜者。朝夕走碌碌。王生獨拂衣。遐舉如雲鵠。寧歸白雲外。飲水臥空谷。不能隨衆人。斂手低眉目。扣門與我別。酤酒留君宿。好去采薇人。終南山正綠。

評曰：罵「望塵而拜者」，反襯王生遐舉高隱，以抬高其聲價。筆力勁遒，詞不虛發。

納粟

有吏夜扣門。高聲催納粟。家人不待曉。場上張燈燭。揚簸淨如珠。一車三十斛。猶憂納不中。鞭責及僮僕。昔余謬從事。內媿才不足。連授四命官。坐尸十年祿。常聞古人語。損益周必復。今日諒甘心。還他太倉穀。

評曰：亂世徵糧，爲最大弊政，反徵詩章，美不勝收，此詩亦佳。

新製布裘

桂布白似雪。吳緜軟如雲。布重緜且厚，爲裘有餘溫。朝擁坐至暮。夜覆眠達晨。誰知嚴冬月。支體暖如春。中夕忽有念。撫裘起逡巡。丈夫貴兼濟。豈獨善一身。安得萬里裘。蓋裹周四垠。穩暖皆如我。天下無寒人。

評曰：杜工部詩「安得廣廈千萬間，大庇天下寒士俱歡顏。」與樂天詩「安得萬里裘，蓋裹周四垠。」同一襟懷。

寄隱者

賣藥向都城。行憩靑門樹。道逢馳驛者。色有非常懼。親族走相送。欲別不敢住。私怪問道旁。何人復何故。云是右丞相。當國握樞務。祿厚食萬錢。恩深日三顧。昨日延英對。今日崖州去。由來君臣間。寵辱在朝暮。靑靑東郊草。中有歸山路。歸去臥雲人。謀身計非誤。

評曰：祿厚食萬錢六句爲不朽名言。專制時代，爲人臣者曾牛馬之不如矣。

秦中吟十首（幷序）

貞元元和之際，予在長安，聞見之間，有足悲者，因直歌其事，命爲秦中吟。

議婚（一作貧家女）

天下無正聲。悅耳卽爲娛。人間無正色。悅目卽爲姝。顏色非相遠。貧富則有殊。貧爲時所棄。富爲時所趨。紅樓富家女。金縷繡羅襦。見人不斂手。嬌癡二八初。母兄未開口。已嫁不須臾。綠窗貧家女。寂寞二十餘。荊釵不直錢。衣上無眞珠。幾囘人欲聘。臨日又踟躕。主人會良媒。置酒滿玉壺。四座且勿飮。聽我歌兩途。富家女易嫁。嫁早輕其夫。貧家女難嫁。嫁晚孝於姑。聞君欲娶婦。娶婦意何如。

重賦（一作無名稅）

厚地植桑麻。所要濟生民。生民理布帛。所求活一身。身外充征賦。上以奉君親。國家定兩稅。本意在憂人。厥初防其淫。明敕內外臣。稅外加一物。皆以枉法論。奈何歲月久。貪吏得因循。浚我以求寵。斂索無冬春。織絹未成匹。繅絲未盈斤。里胥迫我納。不許暫逡巡。歲暮天地閉。陰風生破村。夜深煙火盡。霰雪白紛紛。幼者形不蔽。老者體無溫。悲喘與寒氣。幷入鼻中辛。昨日輸殘稅。因窺官庫門。繒帛如山積。絲絮如雲屯。號爲羨餘物。隨日獻至尊。奪我身上煖。買爾眼前恩。進入瓊林庫。歲久化爲塵。

傷宅（一作傷大宅）

誰家起甲第。朱門大道邊。豐屋中櫛比。高牆外廻環。纍纍六七堂。棟宇相連延。一堂費百萬。鬱鬱起青煙。洞房溫且清。寒暑不能干。高堂虛且迥。坐臥見南山。繞廊紫藤架。夾砌紅藥欄。攀枝摘櫻桃。帶花移牡丹。主人此中坐。十載爲大官。廚有臭敗肉。庫有貫朽錢。誰能將我語。問爾骨肉間。豈無窮賤者。忍不救飢寒。如何奉一身。直欲保千年。不見馬家宅。今作奉誠園。

傷友（一作傷苦節士一作膠漆契）

陋巷孤寒士。出門苦恓恓。雖云志氣高。豈免顏色低。平生同門友。通籍在金閨。曩者膠漆契。邇來雲雨睽。正逢下朝歸。軒騎五門西。是時天久陰。三日雨淒淒。蹇驢避路立。肥馬當風嘶。迴頭忘相識。占道上沙堤。昔年洛陽社。貧賤相提攜。今日長安道。對面隔雲泥。近日多如此。非君獨慘悽。死生不變者。唯聞任與黎。（任公叔黎逢）

不致仕（一作合致仕）

七十而致仕。禮法有明文。何乃貪榮者。斯言如不聞。可憐八九十。齒墮雙眸昏。朝露貪名利。夕陽憂子孫。挂冠顧翠綏。懸車惜朱輪。金章腰不勝。傴僂入君門。誰不愛富貴。誰不戀君恩。年高須告老。名遂合退身。少時共嗤誚。晚歲多因循。賢哉漢二疏。彼獨是何人。寂寞東門路。無人繼去塵。

立碑（一作古碑）

勳德既下衰。文章亦陵夷。但見山中石。立作路旁碑。銘勳悉太公。敍德皆仲尼。復以多爲貴。千言直萬貲。爲文彼何人。想見下筆時。但欲愚者悅。不思賢者嗤。豈獨賢者嗤，仍傳後代疑。古石蒼苔字。安知是媿詞。我聞望江縣。麴令撫惸嫠。在官有仁政。名不聞京師。身歿欲歸葬。百姓遮路歧。攀轅不得歸。留葬此江湄。至今道其名，男女涕皆垂。無人立碑碣。唯有邑人知。

輕肥（一作江南旱）

意氣驕滿路。鞍馬光照塵。借問何爲者。人稱是內臣。朱紱皆大夫。紫綬或將軍。誇赴軍中宴。走馬去如雲。尊罍溢九醞。水陸羅八珍。果擘洞庭橘。膾切天池鱗。食飽心自若。酒酣氣益振。是歲江南旱。衢州人食人。

五弦（一作五弦琴）

清歌且罷唱。紅袂亦停舞。趙叟抱五弦。宛轉當胸撫。大聲麄若散。颯颯風和雨。小聲細欲絕。切切鬼神語。又如鵲報喜。轉作猿啼苦。十指無定音。顛倒宮徵羽。坐客聞此聲。形神若無主。行客聞此聲。駐足不能舉。嗟嗟俗人耳。好今不好古。所以綠窗琴。日日生塵土。

歌舞（一作傷閿鄉縣囚）

秦中歲云暮。大雪滿皇州。雪中退朝者。朱紫盡公侯。貴有風雪興。富無飢寒憂。所營唯第宅。所務在追遊。朱門車馬客。紅燭歌舞樓。歡酣促密坐。醉煖脫重裘。秋官爲主人。廷尉居上頭。日中爲一樂。夜半不能休。豈知閿鄉獄。中有凍死囚。

買花（一作牡丹）

帝城春欲暮。喧喧車馬度。共道牡丹時。相隨買花去。貴賤無常價。酬直看花數。灼灼百朵紅。戔戔五束素。上張幄幕庇。旁織巴籬護。水灑復泥封。移來色如故。家家習爲俗。人人迷不悟。有一田舍翁。偶來買花處。低頭獨長歎。此歎無人喻。一叢深色花。十戶中人賦。

評曰：敝政乖俗，敍述無遺，詩筆史料，彌足珍貴。惟求意達，不惜詞繁，學不得當，則流於疲弱，不可不知也。

新樂府（幷序元和四年爲左拾遺時作）（五十篇錄十篇）

序曰，凡九千二百五十二言，斷爲五十篇，篇無定句，句無定字。繫於意不繫於文。首句標其目，卒章顯其志。詩三百之義也。其辭質而徑，欲見之者易喻也。其言直而切，欲聞之者深誡也。其事覈而實，使采之者傳信也。其體順而肆，可以播於樂章歌曲也。總而言之，爲君爲臣，爲民爲物爲事而作，不爲文而作也。

上陽白髮人（愍怨曠也）

天寶五載已後，楊貴妃專寵，後宮人無復進幸矣。六宮有美色者，輒置別所，上陽是其一也。貞元中尚存焉。

上陽人。紅顏闇老白髮新。綠衣監使守宮門。一閉上陽多少春。玄宗末歲初選入。入時十六今六十。同時采擇百餘人。零落年深殘此身。憶昔吞悲別親族。扶入車中不教哭。皆云入內便承恩。臉似芙蓉胸似玉。未容君王得見面。已被楊妃遙側目。妬令潛配上陽宮。一生遂向空房宿。宿空房。秋夜長。夜長無寐天不明。耿耿殘燈背壁影。蕭蕭暗雨打窗聲。春日遲。日遲獨坐天難暮。宮鶯百囀愁厭聞。梁燕雙栖老休妒。鶯歸燕去長悄然。春往秋來不記年。唯向深宮望明月。東西四五百迴圓。今日宮中年最老。大家遙賜尚書號。小頭鞋履窄衣裳。青黛點眉眉細長。外人不見見應笑。天寶末年時世妝。上陽人。苦最多。少亦苦，老亦苦。少苦老苦兩如何。君不見。昔時呂向美人賦。又不見。今日上陽白髮歌。

新豐折臂翁（戒邊功也）

新豐老翁八十八。頭鬢眉鬚皆似雪。玄孫扶向店前行。左臂憑肩右臂折。問翁臂折來幾年。兼問致折何因緣。翁云貫屬新豐縣。生逢聖代無征戰。慣聽梨園歌管聲。不識旗槍與弓箭。無何天寶大徵兵。戶有三丁點一丁。點得驅將何處去。五月萬里雲南行。聞道雲南有瀘水。椒花落時瘴煙起。大軍徒涉水如湯。未過十人二三死。村南村北哭聲哀。兒別爺娘夫別妻。皆云前後征蠻者。千萬人行無一回。是時翁年二十四。兵部牒中有名字。夜深不敢使人知。偷將大石搥折臂。張弓簸旗俱不堪。從茲始免征雲南。骨碎筋傷非不苦。且圖揀退歸鄉土。此臂折來六十年。一肢雖廢一身全。至今風雨陰寒夜。直到天明痛不眠。痛不眠。終不悔。且喜老身今獨在。不然當時瀘水頭。身死魂孤骨不收。應作雲南望鄉鬼。萬人冢上哭呦呦。老人言。君聽取。君不聞。開元宰相宋開府。不賞邊功防黷武。又不聞。天寶宰相楊國忠。欲求恩幸立邊功。邊功未立生人怨。請問新豐折臂翁。

太行路（借夫婦以諷君臣之不終也）

太行之路能摧車。若比人心是坦途。巫峽之水能覆舟。若比人心是安流。人心好惡苦不常。好生毛羽惡生瘡。與君結髮未五載。豈期牛女爲參商。古稱色衰相棄背。當時美人猶怨悔。何況如今鸞鏡中。妾顏未改君心改。爲君熏衣裳。君聞蘭麝不馨香。爲君盛容飾。君看金翠無顏色。行路難。難重陳。人生莫作婦人身。百年苦樂由他人。行路難。難於山。險於水。不獨人間夫與妻。近代君臣亦如此。君不見。左納言。右納史。朝承恩。暮賜死。行路難。不在水。不在山。只在人情反覆間。

杜陵叟（傷農夫之困也）

杜陵叟。杜陵居。歲種薄田一頃餘。三月無雨旱風起。麥苗不秀多黃死。九月霜降秋早寒。禾穗未熟皆青乾。長吏明知不申破。急斂暴征求考課。典桑賣地納官租。明年衣食將何如。剝我身上帛。奪我口中粟。虐人害物即豺狼。何必鉤爪鋸牙食人肉。不知何人奏皇帝。帝心惻隱知人弊。白麻紙上書德音。京畿盡放今年稅。昨日里胥方到門。手持尺牒牓鄉村。十家租稅九家畢。虛受吾君蠲免恩。

賣炭翁（苦宮市也）

賣炭翁。伐薪燒炭南山中。滿面塵灰煙火色。兩鬢蒼蒼十指黑。賣炭得錢何所營。身上衣裳口中食。可憐身上衣正單。心憂炭賤願天寒。夜來城上一尺雪。曉駕炭車輾冰轍。牛困人飢日已高。市南門外泥中歇。翩翩兩騎來是誰。黃衣使者白衫兒。手把文書口稱敕。迴車叱牛牽向北。一車炭。千餘斤。官使驅將惜不得。半匹紅紗一丈綾。繫向牛頭充炭直。

母別子（刺新間舊也）

母別子。子別母。白日無光哭聲苦。關西驃騎大將軍。去年破虜新策勳。敕賜金錢二百萬。洛陽迎得如花人。新人迎來舊人棄。掌上蓮花眼中刺。迎新棄舊未足悲。悲在君家留兩兒。一始扶行一初坐。坐啼行哭牽人衣。以汝夫婦新燕婉。使我母子生別離。不如林中烏與鵲。母不失雛雄伴雌。應似園中桃李樹。花落隨風子在枝。新人新人聽我語。洛陽無限紅樓女。但願將軍重立功。更有新人勝於汝。

鹽商婦（惡幸人也）

鹽商婦。多金帛。不事田農與蠶績。南北東西不失家。風水爲鄉船作宅。本是揚州小家女。嫁得西江大商客。綠鬟富去金釵多。皓腕肥來銀釧窄。前呼蒼頭後叱婢。問爾因何得如此。婿作鹽商十五年。不屬州縣屬天子。每年鹽利入官時。少入官家多入私。官家利薄私家厚。鹽鐵尙書遠不知。何況江頭魚米賤。紅膾黃橙香稻飯。飽食濃妝倚柁樓。兩朵紅顋花欲綻。鹽商婦。有幸嫁鹽商。終朝美飯食。終歲好衣裳。好衣美食來何處。亦須慚愧桑弘羊。桑弘羊。死已久。不獨漢時今亦有。

杏爲梁（刺居處僭也）

杏爲梁。桂爲柱。何人堂室李開府。碧砌紅軒色未乾。去年身歿今移主。高其牆。大其門。誰家第宅盧將軍。素泥朱版光未滅。今日官收別賜人。開府之堂將軍宅。造未成時頭已白。逆旅重居逆旅中。心是主人身是客。更有愚夫念身後。心雖甚長計非久。窮奢極麗越規模。付子傳孫令保守。莫教門外過客聞。撫掌回頭笑殺君。君不見。馬家宅。尙猶存。宅門題作奉誠園。君不見。魏家宅。屬他人。詔贖賜還五代孫。（指魏徵宅）儉存奢失今在目。安用高牆圍大屋。

井底引銀缾（止淫奔也）

井底引銀缾。銀缾欲上絲繩絕。石上磨玉簪。玉簪欲成中央折。缾沈簪折知奈何。似妾今朝與君別。憶昔在家爲女時。人言舉動有殊姿。嬋娟兩鬢秋蟬翼。宛轉雙蛾遠山色。笑隨戲伴後園中。此時與君未相識。妾弄靑梅憑短牆。君騎白馬傍垂楊。牆頭馬上遙相顧。一見知君卽斷腸。知君斷腸共君語。君指南山松柏樹。感君松柏化爲心。闇合雙鬟逐君去。到君家舍五六年。君家大人頻有言。聘則爲妻奔是妾。不堪主祀奉蘋蘩。終知君家不可住。其奈出門無去處。豈無父母在高堂。亦有親情滿故鄉。潛來更不通消息。今日悲羞歸不得。爲君一日恩。誤妾百年身。寄言癡小人家女。愼勿將身輕許人。

隋堤柳（憫亡國也）

隋堤柳。歲久年深盡衰朽。風飄飄兮雨蕭蕭。三株兩株汴河口。老枝病葉愁殺人。曾經大業年中春。大業年中煬天子。種柳成行夾流水。西自黃河東至淮。綠陰一千三百里。大業末年春暮月。柳色如煙絮如雪。南幸江都恣佚遊。應將此柳繫龍舟。紫髯郎將護錦纜。青娥御史直迷樓。海內財力此時竭。舟中歌笑何日休。上荒下困勢不久。宗社之危如綴旒。煬天子自言福祚長無窮。豈知皇子封酅公。龍舟未過彭城閣。義旗已入長安宮。蕭牆禍生人事變。晏駕不得歸秦中。土墳數尺何處葬。吳公臺下多悲風。二百年來汴河路。沙草和煙朝復暮。後王何以鑒前王。請看隋堤亡國樹。

評曰：新樂府詩，樂天自序是爲君爲臣爲民爲物爲事而作，非爲文而作，深自珍惜，後人亦認爲精華所在。其中有十餘篇，情文並茂，挺拔有力，雖不爲文而作，而文亦極佳，故不愧爲大家也。

早秋獨夜

井梧涼葉動。鄰杵秋聲發。獨向檐下眠。覺來半牀月。

評曰：句句敍景，句句言情，情景鎔鑄，自成佳構。

題潯陽樓詩

常愛陶彭澤。文思何高玄。又怪韋江州。詩情亦清閒。今朝登此樓。有以知其然。大江寒見底。匡山青倚天。深夜湓浦月。平旦鑪峰煙。清輝與靈氣。日夕供文篇。我無二人才。孰爲來其間。因高偶成句。俯仰愧江山。

評曰：筆調犀利。氣勢壯濶。

讀謝靈運詩

吾聞達士道。窮通順冥數。通乃朝廷來。窮卽江湖去。謝公才廓落。與世不相遇。壯志鬱不用。須有所洩處。洩爲山水詩。逸韻諧奇趣。大必籠天海。細不遺草樹。豈惟玩景物。亦欲攄心素。往往卽事中。未能忘興諭。因知康樂作。不獨在章句。

評曰：讀詩發詠，多予抑揚褒貶，或感慨與同。如此詩揭發謝詩之秘，其氣遒筆健，更不可多得。

北亭獨宿

悄悄壁下牀。紗籠耿殘燭。夜半獨眠覺。疑在僧房宿。

晚望

江城寒角動。沙洲夕鳥還。獨在高亭上。西南望遠山。

評曰：右二首小詩，用實寫細描方法，點綴而成，平實而具深意。

睡起宴坐

後亭晝眠足。起坐春景暮。新覺眼猶昏。無思心正住。澹寂歸一性。虛閒遺萬慮。了然此時心。無物可譬喻。本是無有鄉。亦名不用處。行禪與坐忘。同歸無異路。

注：道書云，無何有之鄉，禪經云，不用處，二者殊名而同歸。

評曰：禪思佛意，物我皆忘。

山中獨吟

人各有一癖。我癖在章句。萬緣皆已消。此病獨未去。每逢美風景。或對好親故。高聲詠一篇。怳若與神遇。自為江上客。半在山中住。有時新詩成。獨上東巖路。身倚白石崖。手攀青桂樹。狂吟驚林壑。猿鳥皆窺覷。恐為世所嗤。故就無人處。

評曰：樂天詩學陶，曾作擬陶詩多首。此詩似陶，不及陶之自然典雅，而暢達開廓則過之。

寄微之（三首錄一）

君遊襄陽日。我在長安住。今君在通州。我過襄陽去。襄陽九里郭。樓堞連雲樹。顧此稍依依。是君舊遊處。蒼茫蒹葭水。中有潯陽路。此去更相思。江西少親故。

評曰：膠漆契闊，情感洋溢。

夜聞歌者（宿鄂州）

夜泊鸚鵡洲。江月秋澄澈。鄰船有歌者。發詞堪愁絕。歌罷繼以泣。泣聲通復咽。尋聲見其人。有婦顏如雪。獨倚帆檣立。娉婷十七八。夜淚如眞珠。雙雙墮明月。借問誰家婦。歌泣何淒切。一問一霑襟。低眉終不說。

評曰：夜泊卽景，淸朗如畫。

江南遇天寶樂叟

白頭病叟泣且言。祿山未亂入梨園。能彈琵琶和法曲。多在華淸隨至尊。是時天下太平久。年年十月坐朝元。千官起居環珮合。萬國會同車馬奔。金鈿照耀石甕寺。蘭麝熏煮溫湯源。貴妃宛轉侍君側。體弱不勝珠翠繁。冬雪飄颻錦袍暖。春風蕩漾霓裳飜。歡娛未足燕寇至。弓勁馬肥胡語喧。豳土人遷避夷狄。鼎湖龍去哭軒轅。從此漂淪落南土。萬人死盡一身存。秋風江上浪無限。暮雨舟中酒一尊。涸魚久失風波勢。枯草曾霑雨露恩。我自秦來君莫問。驪山渭水如荒村。新豐樹老籠明月。長生殿闇鎖春雲。紅葉紛紛蓋欹瓦。綠苔重重封壞垣。唯有中官作宮使。每年寒食一開門。

評曰：天寶安史之叛，唐室由盛而衰，樂天興亡感慨之詩，多述此一時代之變故，意境蒼涼，一唱三歎，皆別具情調，高人一着。

眞娘墓（墓在虎丘寺）

眞娘墓。虎丘道。不識眞娘鏡中面。唯見眞娘墓頭草。霜摧桃李風折蓮。眞娘死時猶少年。脂膚荑手不牢固。世間尤物難留連。難留連。易銷歇。塞北花。江南雪。

評曰：格調甚高，惟詠眞娘身世，只從少年早逝立論，未免減色，一結亦意有未盡。

長恨歌

漢皇重色思傾國。御宇多年求不得。楊家有女初長成。養在深閨人未識。天生麗質難自棄。一朝選在君王側。回眸一笑百媚生。六宮粉黛無顏色。春寒賜浴華清池。溫泉水滑洗凝脂。侍兒扶起嬌無力。始是新承恩澤時。雲鬢花顏金步搖。芙蓉帳暖度春宵。春宵苦短日高起。從此君王不早朝。承歡侍宴無閒暇。春從春遊夜專夜。後宮佳麗三千人。三千寵愛在一身。金屋妝成嬌侍夜。玉樓宴罷醉和春。姊妹弟兄皆列土。可憐光彩生門戶。遂令天下父母心。不重生男重生女。驪宮高處入青雲。仙樂風飄處處聞。緩歌慢舞凝絲竹。盡日君王看不足。漁陽鞞鼓動地來。驚破霓裳羽衣曲。九重城闕煙塵生。千乘萬騎西南行。翠華搖搖行復止。西出都門百餘里。六軍不發無奈何。宛轉蛾眉馬前死。花鈿委地無人收。翠翹金雀玉搔頭。君王掩面救不得。回看血淚相和流。黃埃散漫風蕭索。雲棧縈紆登劍閣。峨嵋山下少人行。旌旗無光日色薄。蜀江水碧蜀山青。聖主朝朝暮暮情。行宮見月傷心色。夜雨聞鈴腸斷聲。天旋日轉迴龍馭。到此躊躇不能去。馬嵬坡下泥土中。不見玉顏空死處。君臣相顧盡霑衣。東望都門信馬歸。歸來池苑皆依舊。太液芙蓉未央柳。芙蓉如面柳如眉。對此如何不淚垂。春風桃李花開日。秋雨梧桐葉落時。西宮南苑多秋草。宮葉滿階紅不掃。梨園弟子白髮新。椒房阿監青娥老。夕殿螢飛思悄然。孤燈挑盡未成眠。遲遲鐘鼓初長夜。耿耿星河欲曙天。鴛鴦瓦冷霜華重。翡翠衾寒誰與共。悠悠生死別經年。魂魄不曾來入夢。臨邛道士鴻都客。能以精誠致魂魄。爲感君王輾轉思。遂教方士殷勤覓。排空馭氣奔如電。升天入地求之遍。上窮碧落下黃泉。兩處茫茫皆不見。忽聞海上有仙山。山在虛無縹緲間。樓閣玲瓏五雲起。其中綽約多仙子。中有一人字太眞。雪膚花貌參差是。金闕西廂叩玉扃。轉教小玉報雙成。聞道漢家天子使。九華帳裏夢魂驚。攬衣推枕起徘徊。珠箔銀屏迤邐開。雲鬢半偏新睡覺。花冠不整下堂來。風吹仙袂飄颻擧。猶似霓裳羽衣舞。玉容寂寞淚闌干。梨花一枝春帶雨。含情凝涕謝君王。一別音容兩渺茫。昭陽殿裏恩愛絕。蓬萊宮中日月長。回頭下望人寰處。不見長安見塵霧。唯將舊物表深情。鈿合金釵寄將去。釵留一股合一扇。釵擘黃金合分鈿。但教心似金鈿堅。天上人間會相見。臨別殷勤重寄詞。詞中有誓兩心知。七月七日長生殿。夜半無人私語時。在天願作比翼鳥。在地願爲連理枝。天長地久有時盡。此恨緜緜無絕期。

評曰：希代之事，必有出世之才，宣揚而潤色之，始能風行當世，流傳千古，如長恨歌之奇事奇文，尤曠世不易一見，宜人人傳誦，歷千年而不衰也。

寒食野望吟

丘墟郭門外。寒食誰家哭。風吹曠野紙錢飛。古墓纍纍春草綠。棠梨花映白楊樹。盡是死生離別處。冥寞重泉哭不聞。蕭蕭暮雨人歸去。

評曰：以矯健之筆，寫哀感之文，洵屬高手。

琵琶行并序

元和十年，余左遷九江郡司馬，明年秋送客湓浦口，聞船中夜彈琵琶者，聽其音，錚錚然有京都聲。問其人，本長安倡女，嘗學琵琶於穆曹二善才。年長色衰，委身爲賈人婦，遂命酒使快彈數曲。曲罷憫默，自敍少小時歡樂事。今漂淪顦顇，轉徙於江湖間。予出官二年，恬然自安，感斯人言，是夕始覺有遷謫意。因爲長句歌以贈之。凡六百一十二言，命曰琵琶行。

潯陽江頭夜送客。楓葉荻花秋索索（一作瑟瑟）。主人下馬客在船。舉酒欲飲無管弦。
醉不成歡慘將別。別時茫茫江浸月。忽聞水上琵琶聲。主人忘歸客不發。尋聲暗問彈者誰。
琵琶聲停欲語遲。移船相近邀相見。添酒廻燈重開宴。千呼萬喚始出來。猶抱琵琶半遮面。
轉軸撥弦三兩聲。未成曲調先有情。弦弦掩抑聲聲思。似訴平生不得意。低眉信手續續彈。
說盡心中無限事。輕攏慢撚抹復挑。初爲霓裳後六么。大弦嘈嘈如急雨。小弦切切如私語。
嘈嘈切切錯雜彈。大珠小珠落玉盤。間關鶯語花底滑。幽咽泉流水下灘。水泉冷澀弦疑絕。
疑絕不通聲暫歇。別有憂愁暗恨生。此時無聲勝有聲。銀缾乍破水漿迸。鐵騎突出刀槍鳴。
曲終收撥當心畫。四弦一聲如裂帛。東舟西舫悄無言。唯見江心秋月白。沉吟放撥插弦中。
整頓衣裳起斂容。自言本是京城女。家在蝦蟆陵下住。十三學得琵琶成。名屬教坊第一部。
曲罷曾教善才服。妝成每被秋娘妒。五陵年少爭纏頭。一曲紅綃不知數。鈿頭雲篦擊節碎。
血色羅裙翻酒汙。今年歡笑復明年。秋月春風等閒度。弟走從軍阿姨死。暮去朝來顏色故。

門前冷落鞍馬稀。老大嫁作商人婦。商人重利輕別離。前月浮梁買茶去。去來江口守空船。繞船月明江水寒。夜深忽夢少年事。夢啼妝淚紅闌干。我聞琵琶已歎息。又聞此語重唧唧。同是天涯淪落人。相逢何必曾相識。我從去年辭帝京。謫居臥病潯陽城。潯陽地僻無音樂。終歲不聞絲竹聲。住近湓江地低濕。黃蘆苦竹繞宅生。其間旦暮聞何物。杜鵑啼血猿哀鳴。春江花朝秋月夜。往往取酒還獨傾。豈無山歌與村笛。嘔啞嘲哳難爲聽。今夜聞君琵琶語。如聽仙樂耳暫明。莫辭更坐彈一曲。爲君飜作琵琶行。感我此言良久立。却坐促弦弦轉急。淒淒不似向前聲。滿座重聞皆掩泣。座中泣下誰最多。江州司馬青衫濕。

評曰：樂天詩以琵琶行、長恨歌等在當時家嘔戶誦，流傳最廣。其文學價值，應不低於其樂府詩也。

醉後狂言酬贈蕭殷二協律

餘杭邑客多羈貧。其間甚者蕭與殷。天寒身上猶衣葛。日高甑中未拂塵。江城山寺十一月。北風吹沙雪紛紛。賓客不見綈袍惠。黎庶未霑襦袴恩。此時太守自慚愧。重衣複衾有餘溫。因命染人與鍼女。先製兩裘贈二君。吳緜細軟桂布密。柔如狐腋白似雲。勞將詩書投贈我。如此小惠何足論。我有大裘君未見。寬廣和暖如陽春。此裘非繒亦非纊。裁以法度絮以仁。刀尺鈍拙製未畢。出亦不獨裹一身。若令在郡得五考。與君展覆杭州人。

評曰：人飢己飢，人溺己溺，仁人之言藹如也。

自河南經亂關內阻饑兄弟離散各在一處因望月有感聊書所懷寄上浮梁大兄於潛七兄烏江十五兄兼示符離及下邽弟妹

時難年荒世業空。弟兄羈旅各西東。田園寥落干戈後。骨肉流離道路中。弔影分爲千里雁。辭根散作九秋蓬。共看明月應垂淚。一夜鄉心五處同。

評曰：國家動亂，骨肉離散，以今例昔，感慨更深。

送王十八歸山寄題仙遊寺

曾於太白峰前住。數到仙遊寺裏來。黑水澄時潭底出。白雲破處洞門開。林間暖酒燒紅葉。石上題詩掃綠苔。惆悵舊遊那復到。菊花時節羨君迴。

評曰：寫景精緻，對仗工整。

杏園花落時招錢員外同醉

花園欲去去應遲。正是風吹狼藉時。近西數樹猶堪醉。半落春風半在枝。

評曰：寫盡花落景況，末句尤刻劃深入。

王昭君二首（時年十七）

滿面胡沙滿面風。眉銷殘黛臉銷紅。愁苦辛勤顦顇盡。如今却似畫圖中。

漢使却回憑寄語。黃金何日贖蛾眉。君王若問妾顏色。莫道不如宮裏時。

評曰：別出心裁，不落窠臼。

欲與元八卜鄰先有是贈

平生心迹最相親。欲隱牆東不爲身。明月好同三徑夜。綠楊宜作兩家春。每因暫出猶思伴。豈得安居不擇鄰。何獨終身數相見。子孫長作隔牆人。

評曰：緊貼鄰字，着重親字，故文不虛發，感情流露。相字身字重見。

贈楊秘書巨源

楊嘗有贈盧洺州詩云，三刀夢益州，一箭取遼城，由是知名。

早聞一箭取遼城。相識雖新有故情。清句三朝誰是敵。白鬚四海半爲兄。貧家薙草時時入。瘦馬尋花處處行。不用更敎詩過好。折君官職是聲名。

評曰：首聯就事發論，情感旣眞，筆尤矯健。結聯反踢翻收，更見強勢。第三聯難明所指。

酬贈李鍊師見招

幾年司諫直承明。今日求眞禮上清。曾犯龍鱗容不死。欲騎鶴背覓長生。劉綱有婦仙同得。伯道無兒累更輕。若許移家相近住。便驅雞犬上層城。

評曰：樂天好道好佛，惟因儒家成分太重，此詩雖好，終無禪意。

編集拙詩成一十五卷因題卷末戲贈元九李二十

一篇長恨有風情。十首秦吟近正聲。每被老元偸格律。（元九向江陵日嘗以拙詩一軸贈行自後格變）苦敎短李伏歌行。（李二十嘗自負歌行近見予樂府五十首默然心伏）世間富貴應無分。身後文章合有名。莫怪氣粗言語大。新排十五卷詩成。

評曰：長恨歌、琵琶行、秦中吟、新樂府，允稱名詩，其餘佳作如林，不愧大家。元白齊名，元不及白遠矣。李二十更難望其項背。

元九以綠絲布白輕褣見寄製成衣服以詩報知

綠絲文布素輕褣。珍重京華手自封。貧友遠勞君寄附。病妻親爲我裁縫。袴花白似秋雲薄。衫色青於春草濃。欲著却休知不稱。折腰無復舊形容。

評曰：明麗細緻，精深閒雅。

尋郭道士不遇

郡中乞假來相訪。洞裏朝元去不逢。看院祇留雙白鶴。入門惟見一青松。藥爐有火丹應伏。雲碓無人水自舂。欲問參同契中事。更期何日得從容。

評曰：首句言尋，第二句言不遇，中四句言道士境地，末句言後會期約。層次井然，詞句秀雅。

問劉十九

綠螘新醅酒。紅泥小火爐。晚來天欲雪。能飲一杯無。

評曰：五絕以閒澹幽雅爲佳，此詩得其三昧。

得行簡書聞欲下峽先以詩寄

朝來又得東川信。欲取春初發梓州。書報九江聞暫喜。路經三峽想還愁。瀟湘瘴霧加餐飯。灧湏驚波穩泊舟。欲寄兩行迎爾淚。長江不肯向西流。

評曰：詩貴表情切景，此詩兼而有之。

元十八從事南海欲出廬山臨別舊居有戀泉聲之什因以投和兼伸別情

賢侯辟士禮從容。莫戀泉聲問所從。雨露初承黃紙詔。煙霞欲別紫霄峰。傷弓未息新驚鳥。得水難留久臥龍。我正退藏君變化。一杯可易得相逢。

評曰：造句對仗，工整異常。

種荔枝

紅顆珍珠誠可愛。白鬚太守亦何癡。十年結子知誰在。自向庭前種荔枝。

評曰：人生不應知老，不知老者必壽，樂天吟詩，頻頻言老嗟衰，對人生了解似尚欠一間。

送蕭處士遊黔南

能文好飲老蕭郎。身似浮雲鬢似霜。生計抛來詩是業。家園忘却酒爲鄉。江從巴峽初成字。猿過巫陽始斷腸。不醉黔中爭去得。磨圍山月正蒼蒼。

評曰：「好飲」「酒爲鄉」「不醉」嫌重複，但全詩甚佳，瑕不掩瑜。

惻惻吟

惻惻復惻惻。逐臣返鄉國。前事難重論。少年不再得。泥塗絳老頭斑白。炎瘴靈均面黎黑。六年不死却歸來。道著姓名人不識。

評曰：六年譴謫，感傷鬱結，老大歸來，一吐爲快。

後宮詞

淚濕羅巾夢不成。夜深前殿按歌聲。紅顏未老恩先斷。斜倚薰籠坐到明。

評曰：未秋捐扇，哀怨良深。此爲唐七絕之上乘，名傳千古。

後宮詞

雨露由來一點恩。爭能徧布及千門。三千宮女胭脂面。幾個春來無淚痕。

評曰：「有不得見者三十六年。」宮人之哀怨可知矣。

晚亭逐涼

送客出門後。移牀下砌初。趁涼行繞竹。引睡臥看書。老更爲官拙。慵多向事疎。松窗倚藤杖。人道似僧居。

評曰：閒慵滋味，宜多領略。

空閨怨

寒月沈沈洞房靜。眞珠簾外梧桐影。秋霜欲下手先知。燈底裁縫剪刀冷。

評曰：以寒涼氣氛，陪襯閨怨。刻劃入微，一般謂白詩淺易，不知其用意固甚深也。

舟中晚起

日高猶掩水窗眠。枕簟清涼八月天。泊處或依沽酒店。宿時多伴釣魚船。退身江海應無用。憂國朝廷自有賢。且向錢唐湖上去。冷吟閑醉二三年。

評曰：余和寒山詩，第七十九首云：「餘生老丘壑，國事付少年。」與此詩第二聯，同一襟懷。

西湖晚歸回望孤山寺贈諸客

柳湖松島蓮花寺。晚動歸橈出道場。盧橘子低山雨重。棕櫚葉戰水風涼。煙波澹蕩搖空碧。樓殿參差倚夕陽。到岸請君回首望。蓬萊宮在海中央。

杭州春望

望海樓明照曙霞。護江堤白蹋晴沙。濤聲夜入伍員廟。柳色春藏蘇小家。紅袖織綾誇柹蔕。（杭州出柹蔕花者尤佳）青旗沽酒趁梨花。（其俗釀酒趁梨花時熟號爲梨花春）誰開湖寺西南路。草綠裙腰一道斜。

餘杭形勝

餘杭形勝四方無。州傍青山縣枕湖。遶郭荷花三十里。拂城松樹一千株。夢兒亭古傳名謝。（州西靈隱山上有夢謝亭卽是杜明浦夢謝靈運之所因名客兒也）敎妓樓新道姓蘇。（蘇小小本錢唐妓人也）獨有使君年太老。風光不稱白髭鬚。

評曰：右三首詠餘杭形勝及遊宴佳會，明麗清揚，美不勝收。「夢兒亭古傳名謝，敎妓樓新道姓蘇。」尤爲人所愛誦。

元微之除浙東觀察使喜得杭越鄰州先贈長句

稽山鏡水歡遊地。犀帶金章榮貴身。官職比君雖校小。封疆與我且爲鄰。郡樓對翫千峯月。江界平分兩岸春。杭越風光詩酒主。相看更合與何人。

評曰：詞意親切，交契不同。

張十八員外以新詩二十五首見寄郡樓月下吟翫通夕因題卷後封寄微之

秦城南省清秋夜。江郡東樓明月時。去我三千六百里。得君二十五篇詩。陽春曲調高難和。淡水交情老始知。坐到天明吟未足。重封轉寄與微之。

評曰：卷後題詩，最忌揄揚過當，此詩乃是老友素交恰如其分。佈局對仗，於自然中見工整。則爲不易及之處。

西湖留別

征途行色慘風煙。祖帳離聲咽管絃。翠黛不須留五馬。皇恩只許住三年。綠藤陰下鋪歌席。紅藕花中泊妓船。處處回頭盡堪戀。就中難別是湖邊。

評曰：第二聯警句，第七句堪字失粘，可改爲可字。

寄殷協律（多敍江南舊遊）

五歲優遊同過日。一朝消散侶浮雲。琴詩酒伴皆拋我。雪月花時最憶君。幾度聽雞歌白日。亦曾騎馬詠紅裙。（予在杭州日有歌云聽唱黃鷄與白日又有詩云著紅騎馬是何人）吳娘暮雨蕭蕭曲。自別江南更不聞（江南吳二娘曲詞云暮雨蕭蕭郎不歸）。

評曰：憶往道故，典贍逾逸。在白詩七律中爲較佳者。

送姚杭州赴任因思舊遊（二首錄一）

渺渺錢唐路幾千。想君到後事依然。靜逢竺寺猿偷橘。閒看蘇家女採蓮。故妓數人憑問訊。新詩兩首倩留傳。舍人雖健無多興。老校當時八九年。（杭民至今呼余爲白舍人）

評曰：談舊憶往，娓娓動人。

九年十一月二十一日感事而作（其日獨遊香山寺）

禍福茫茫不可期。大都早退似先知。當君白首同歸日。是我青山獨往時。顧索素琴應不暇。憶牽黃犬定難追。麒麟作脯龍爲醢。何似泥中曳尾龜。

評曰：此詩乃是感傷甘露之變，朝士多被宦官屠戮而作。君子見幾而作，不俟終日。白公幸在東都，且已退休，得免此厄，而麟脯龍醢，抑亦哀愴不能自已矣！

詠懷

隨緣逐處便安閒。不入朝廷不住山。心似虛舟浮水上。身同宿鳥寄林間。尚平婚嫁了無累。馮翊符章封却還。（時阿羅初嫁及同州官吏放歸）處分貧家殘活計。正如身後莫相關。

評曰：知足不辱，知止不殆。

和楊尚書罷相後夏日遊永安水亭兼招本曹楊侍郎同行

道行無喜退無憂。舒卷如雲得自由。良冶動時爲哲匠。巨川濟了作虛舟。竹亭陰合偏宜夏。水檻風涼不待秋。遙愛翩翩雙紫鳳。入同官署出同遊。

評曰：起聯爲對方沾身分，次聯言相業，三聯言水亭，末聯言侍郎同行。悟此可明詩法。

在家出家

衣食支吾婚嫁畢。從今家事不相仍。夜眠身是投林鳥。朝飯心同乞食僧。清唳數聲松下鶴。寒光一點竹間燈。中宵入定跏趺坐。女喚妻呼多不應。

評曰：樂天將隱居分大中小三種，又倡在家出家之說。予每謂身隱不如心隱，隱居不必住山，在家可以出家，修行不必住寺，與樂天所見相同。

繼之尚書自余病來寄遺非一又蒙覽醉吟先生傳題詩以美之今以此篇用伸酬謝

衰殘與世日相疎。惠好唯君分有餘。茶藥贈多因病久。衣裳寄早及寒初。交情鄭重金相似。詩韻清鏘玉不如。醉傳狂言人盡笑。獨知我者是尚書。

評曰：對仗之工，得未曾見。三四兩語，更見友朋交誼之厚。

山下留別佛光和尚

勞師送我下山行。此別何人識此情。我已七旬師九十。當知後會在他生。

雪暮偶與夢得同致仕裴賓客王尚書飲

黃昏慘慘雪霏霏。白首相歡醉不歸。四箇老人三百歲。（裴年九十餘王八十餘余與夢得俱七十合三百餘歲可謂稀有之會也）人間此會亦應稀。

評曰：前一首，兩人一百六十歲，第二首四人三百餘歲，眞勝會也。彌足珍惜。

白雲泉

天平山上白雲泉。雲自無心水自閒。何必奔衝山下去。更添波浪向人間。

評曰：詠雲、水詩多矣，以雲自無心水自閒句爲最珍品。此詩前後對比，尤具深意。

卷十

牛僧孺字思黯，隴西人，貞元中擢進士第，歷相穆敬兩朝，封奇章郡公。文宗朝徵入再相。與李德裕相惡，世稱牛李。詩四首，選一首。

席上贈劉夢得

粉署爲郎四十春。今來名輩更無人。休論世上昇沉事。且鬥樽前見在身。珠玉會應成咳唾。山川猶覺露精神。莫嫌恃酒輕言語。曾把文章謁後塵。

評曰：格調尙高，筆亦健適。「樽前」「恃酒」，意嫌重複。

王播字明敭，父恕宦揚州遂家焉。擢進士第。長慶初拜相，卒贈太尉。詩三首，選二首。

題木蘭院二首

播少孤貧，嘗客揚州惠照寺木蘭院，隨僧齋餐，僧厭怠，乃齋罷而後擊鐘。後二紀，播自重位出鎮是邦，因訪舊遊，向之題名，皆以碧紗幕其詩，播繼以二絕句。

三十年前此院遊。木蘭花發院新修。如今再到經行處。樹老無花僧白頭。

上堂已了各西東。慚愧闍黎飯後鐘。三十年來塵撲面。如今始得碧紗籠。

評曰：詩明指前後經遊，隔三十年，則序中「後二紀」應爲後三紀。播以卿相之尊，對少時貧賤所受無禮遭遇，不應芥蒂於懷也。

長孫佐輔 德宗時人，其弟公輔爲吉州刺史，往依焉。其詩名古調集，詩十七首，選一首。

擬古詠河邊枯樹

野火燒枝水洗根。數圍枯朽半心存。應是無機承雨露。却將春色寄苔痕。

評曰：末二句別具深意。

張碧 字太碧，貞元時人，孟郊讀其集，極爲讚賞。詩十六首，選三首。

貧女

豈是昧容華。豈不知機織。自是生寒門。良媒不相識。

評曰：貧女貧士，遭遇相同，此詩亦自況也。

幽思

金爐煙靄微。銀釭殘影滅。出戶獨徘徊。落花滿明月。

評曰：句句狀景，因景生情，以情融景。

農父

運鋤耕斸侵星起。隴畝豐盈滿家喜。到頭禾黍屬他人。不知何處抛妻子。

評曰：此亦憐憫農家之社會詩。

孫叔向 德宗時人，詩三首，選一首。

題昭應溫泉

一道溫泉繞御樓。先皇曾向此中遊。雖然水是無情物。也到宮前咽不流。

評曰：水猶如此，人何以堪。

劉皂 貞元間人，詩五首，選一首。

長門怨（三首錄一）

蟬鬢慵梳倚帳門。蛾眉不掃慣承恩。旁人未必知心事。一面殘妝空淚痕。

評曰：可與白居易「淚盡羅巾夢不成」，張祜「虢國夫人承主恩」二詩，並駕齊驅。

裴交泰 貞元間詩人，詩一首。選一首。

長門怨

自閉長門經幾秋。羅衣濕盡淚還流。一種娥眉明月夜。南宮歌管北宮愁。

評曰：在宮詞中可佔一席。

徐凝 睦州人，元和中官至侍郎，詩一卷。選二首。

送馬向入蜀

遊子出咸京。巴山萬里程。白雲連鳥道。青壁遰猿聲。雨雪經泥坂。煙花望錦城。工文人共許。應紀蜀中行。

評曰：全從入蜀着筆，有失靈活。

憶揚州

蕭娘臉下難勝淚。桃葉眉頭易得愁。天下三分明月夜。二分無賴是揚州。

評曰：在思路上出奇制勝。

李德裕字文饒，趙郡人，官至中書門下平章事，拜太尉，封衞國公。後被黨人搆陷，貶崖州司戶參軍，卒。詩一卷。選六首。

憶金門舊遊奉寄江西沈大夫

東望滄溟路幾重。無因白首更相逢。已悲泉下雙琪樹。（韋中令武元昌皆已淪沒）又惜天邊一臥龍。（杜西川謫官南海）人事升沉纔十載。宦遊漂泊過千峰。思君遠寄西山藥。（大夫嘗鎮鍾陵兼好金丹之術）歲暮相期向赤松。

評曰：人事何常，感慨良深。

離平泉馬上作

十年紫殿掌洪鈞。出入三朝一品身。文帝寵深陪雉尾。武皇恩厚宴龍津。黑山永破和親虜。烏嶺全阬跋扈臣。自是功高臨盡處。禍來明滅不由人。

謫嶺南道中作

嶺水爭分路轉迷。桄榔椰葉暗蠻溪。愁衝毒霧逢蛇草。畏落沙蟲避燕泥。五月畬田收火米。三更津吏報潮雞。不堪腸斷思鄉處。紅槿花中越鳥啼。

到惡溪夜泊蘆島

甘露花香不再持。遠公應怪負前期。青蠅豈獨悲虞氏。黃犬應聞笑李斯。風雨瘴昏蠻日月。煙波魂斷惡溪時。嶺頭無限相思淚。泣向寒梅近北枝。

登崖州城作

獨上高樓望帝京。鳥飛猶是半年程。青山似欲留人住。百匝千遭遶郡城。

汨羅

遠謫南荒一病身。停舟暫弔汨羅人。都緣靳尙圖專國。豈是懷王厭直臣。萬里碧潭秋景靜。四時愁色野花新。不勞漁父重相問。自有招魂拭淚巾。

評曰：德裕南謫後爲詩功力猛進，老鍊精到，與前作迥異，豈眞詩窮而後工耶？

熊孺登 鍾陵人，登進士第，元和中，終藩鎭從事。詩一卷，選二首。

八月十五夜臥疾

一年祇有今宵月。盡上江樓獨病眠。寂寞竹窗閒不閉。夜深斜影到牀前。

評曰：有太白「牀前明月光」詩之意味。

贈侯山人

一見清容愜素聞。有人傳是紫陽君。來時玉女裁春服。剪破湘山幾片雲。（湘山在泉州郡治後）

評曰：清雅閒逸，後半是名句。

李涉 洛陽人，官至太學博士，復流康州。詩一卷，選五首。

題鶴林寺僧舍（寺在鎭江）

終日昏昏醉夢間。忽聞春盡強登山。因過竹院逢僧話。又得浮生半日閒。

評曰：後半情景，極爲普通，經此構造，便成佳句，如欲點石成金，須從此處求之。

題開聖寺

宿雨初收草木濃。群鴉飛散下堂鐘。長廊無事僧歸院。盡日門前獨看松。

評曰：逸興遄飛，韻味悠遠。

山居送僧

失意因休便買山。白雲深處寄柴關。若逢城邑人相問。報道花時也不閒。

評曰：其精彩處在結句。

硤石遇赦

天網初開釋楚囚。殘骸已廢自知休。荷蓑不是人間事。歸去滄江有釣舟。

評曰：赦後思隱，保身未晚。惜未急退，一謫再謫。

竹裏

竹裏編茅倚石門。竹莖疎處見前村。閒眠盡日無人到。自有春風爲掃門。

評曰：結句思路奇特，使全篇生色。竹字門字重見。

柳公權字誠懸，精於書學，元和初擢進士第。官至學士知制誥，太子少師。詩五首，選一首。

應制爲宮嬪詠

太平廣記云，武宗嘗怒一宮嬪，久之，旣而復召，謂公權曰，朕怪此人，若得學士一篇，當釋然矣。公權略不佇思，而成一絕，上大悅，賜錦綵二百匹，命宮人上前拜謝之。

不分前時忤主恩。已甘寂寞守長門。今朝却得君王顧。重入椒房拭淚痕。

評曰：急就之章，如此工穩，不易多見。

李紳（七八〇—八四六）字公垂，潤州無錫人，元和初，擢進士第。官至尙書右僕射，同平章事，封趙郡公。卒贈太尉，諡文肅。詩四卷，選二首。

古風（一作憫農）二首（後首重見聶夷中詩內，全唐詩未註明。）

春種一粒粟。秋成萬顆子。四海無閒田。農夫猶餓死。

鋤禾日當午。汗滴禾下土。誰知盤中餐。粒粒皆辛苦。

評曰：李紳以貴卿顯宦，深悉農民艱苦，而沉重呼籲，其人其詩，可垂千古。

張祜 字承吉，淸河人。辟諸侯府多不合，自劾去。嘗客淮南，愛丹陽曲阿地，築室卜隱。詩二卷，選四首。

宮詞（二首錄一）

故國三千里。深宮二十年。一聲河滿子。雙淚落君前。

評曰：蒼老悲壯。

集靈臺（二首）

日光斜照集靈臺。紅樹花迎曉露開。昨夜上皇新授籙。太眞含笑入簾來。

虢國夫人承主恩。平明騎馬入宮門。却嫌脂粉汚顏色。淡掃蛾眉朝至尊。

評曰：張祜以宮詞得名，上三首是其代表作。

題金陵渡

金陵津渡小山樓。一宿行人自可愁。潮落夜江斜月裏。兩三星火是瓜州。

評曰：後二句看是普通寫景，而情意極深。

朱慶餘（七九七—？）名可久，以字行，越州人，登寶曆進士第，詩二卷，選二首。

羽林郎

紫髯年少奉恩初。直閤將軍盡不如。酒後引兵圍百草。風前駐旆領邊書。宅將公主同時賜。官與中郎共日除。大笑魯儒年四十。腰間猶未識金魚。

評曰：文不如武，老不如少，亂世使然，非治世常軌也。

近試上張籍水部

洞房昨夜停紅燭。待曉堂前拜舅姑。裝罷低聲問夫壻。畫眉深淺入時無。

評曰：與王建新嫁娘詩，同一作法與筆致。並垂不朽。

雍陶字國鈞，成都人，太和間第進士。大中八年，自國子毛詩博士，出刺簡州。詩一卷，選十四首。

塞路初晴（一作晴詩）

晚虹斜日塞天昏。一半山川帶雨痕。新水亂侵青草路。殘煙猶傍綠楊村。胡人羊馬休南牧。漢將旌旗在北門。行子喜聞無戰伐。閒看遊騎獵秋原。

評曰：塞路初晴景色，躍然紙上，筆亦雄拔有致。

送徐山人歸睦州舊隱

君在桐廬何處住。草堂應與戴家鄰。初歸山犬翻驚主。久別江鷗却避人。終日欲爲相逐計。臨歧空羨獨行身。秋風釣艇遙相憶。七里灘西片月新。

評曰：全從舊隱着筆，初歸聯佳句。

到蜀後記途中經歷

劍峰重疊雪雲漫。憶昨來時處處難。大散嶺頭春足雨。褒斜谷裏夏猶寒。蜀門去國三千里。巴路登山八十盤。自到成都燒酒熟。不思身更入長安。

評曰：途中經歷，經裁剪後，如出自錦心繡口，浩瀚壯濶，允稱佳構。

憶山寄僧

塵路誰知躡雲蹤。到來空認出雲峰。天晴遠見月中樹。風便細聽煙際鐘。閱世數思僧並院。憶山長羨鶴歸松。新愁舊恨多難說。半在眉間半在胸。

評曰：從山與僧着眼，文不離題。結聯奇特可喜。

峽中行

兩崖開盡水回環。一葉纔通石罅間。楚客莫言山勢險。世人心更險於山。

評曰：人心未必險於山，作者或飽經憂患而有所感歟！

韋處士郊居

滿庭詩境飄紅葉。繞砌琴聲滴暗泉。門外晚晴秋色老。萬條寒玉一溪煙。

評曰：詩人境地，不與衆同，然非此詩，無以彰之。在七絕中可據一席。

苦寒

今年無異去年寒。何事朝來獨忍難。應是漸爲貧客久。錦衣著盡布衣單。

評曰：結句如龍點睛。

和孫明府懷舊山

五柳先生本在山。偶然爲客落人間。秋來見月多歸思。自起開籠放白鷴。

評曰：人多欣賞此詩，然乏精彩之處。

哀蜀人爲南蠻俘虜五章

初出成都聞哭聲

但見城池還漢將。豈知佳麗屬蠻兵。錦江南渡遙聞哭。盡是離家別國聲。

過大渡河蠻使許之泣望鄉國

大渡河邊蠻亦愁。漢人將渡盡回頭。此中剩寄思鄉淚。南去應無水北流。

出青溪關有遲留之意

欲出鄉關行步遲。此生無復卻回時。千寃萬恨何人見。唯有空山鳥獸知。

別嶲州一時慟哭雲日爲之變色

越嶲城南無漢地。傷心從此便爲蠻。寃聲一慟悲風起。雲暗青天日下山。

入蠻界不許有悲泣之聲

雲南路出陷河西。毒草長青瘴色低。漸近蠻城誰敢哭。一時收淚羨猿啼。

評曰：蒼涼幽咽，不忍卒讀。

路逢有似亡友者惻然賦此

吾友今生不可逢。風流空想舊儀容。朝來馬上頻回首。惆悵他人似蔡邕。

評曰：明知非其故友而情不可抑。

李遠字求（一作承）古，蜀人，第太和進士，歷忠、建、江三州刺史，終御史中丞。集一卷，選詩一首。

失鶴

秋風吹卻九皋禽。一片閒雲萬里心。碧落有情應悵望。青天無路可追尋。來時白雪翎猶短。去日丹砂頂漸深。華表柱頭留語後。更無消息到如今。

評曰：眷戀迷惘，情難自遣。

杜牧（八〇三—八五二）

字牧之，京兆萬年（現陝西省西安市）人，太和二年擢進士第。復舉賢良方正，歷任黃、池、睦、湖四州刺史，司勳員外郎，考功郎中，知制誥，遷中書舍人。剛直有奇節，詩情致豪邁，人號為小杜以別甫云。詩八卷。選十八首。

將赴吳興登樂遊原一絕

清時有味是無能。閒愛孤雲靜愛僧。欲把一麾江海去。樂遊原上望昭陵。

評曰：牧之最長七絕，此詩首二句深具哲理，別立法門，可細加領略。

江南春絕句

千里鶯啼綠映紅。水村山郭酒旗風。南朝四百八十寺。多少樓臺煙雨中。

評曰：末二句看是敍景而感慨無窮，此牧之七絕又一法也。

題宣州開元寺水閣閣下宛溪夾溪居人

六朝文物草連空。天澹雲閒古今同。鳥去鳥來山色裏。人歌人哭水聲中。深秋簾幕千家雨。落日樓臺一笛風。惆悵無因逢范蠡。參差煙樹五湖東。

評曰：用舊詞而出新意，亦見功夫。

宣州送裴坦判官往舒州時牧欲赴官歸京

日暖泥融雪半銷。行人芳草馬聲驕。九華山路雲遮寺。清弋江邨柳拂橋。君意如鴻高的的。我心懸旆正搖搖。同來不得同歸去。故國逢春一寂寥。

評曰：唐詩弊在圓熟，應予注意。右二律雖多舊詞陳調，尚無圓熟之弊，因牧之才高力適，若無其才力，不可輕學。

柳絕句

數樹新開翠影齊。倚風情態被春迷。依依故國樊川恨。半掩村橋半掩溪。

評曰：牧詩擅七絕，其功夫在神韻，此首第二句神韻悠揚，使全篇生色。

赤壁（一作李商隱詩）

折戟沉沙鐵未銷。自將磨洗認前朝。東風不與周郎便。銅雀春深鎖二喬。

評曰：此詩不似義山手筆，且非牧之七絕聖手莫辦。

泊秦淮

煙籠寒水月籠沙。夜泊秦淮近酒家。商女不知亡國恨。隔江猶唱後庭花。

評曰：右二絕，千古名作，永傳不朽。

寄揚州韓綽判官

青山隱隱水迢迢。秋盡江南草木凋。二十四橋明月夜。玉人何處敎吹簫。

評曰：搖曳閒澹，韻味悠揚，與杜牧江南春詩，同一筆調與手法，讀者當細味之。

贈別二首

娉娉裊裊十三餘。荳蔻梢頭二月初。春風十里揚州路。卷上珠簾總不如。

多情却似總無情。唯覺尊前笑不成。蠟燭有心還惜別。替人垂淚到天明。

評曰：用意取詞，並無新奇，而感人深處，在情眞而味苦耳。

遣懷

落魄江湖載酒行。楚腰纖細掌中輕。十年一覺揚州夢。贏得青樓薄倖名。

評曰：此亦名詩，風流懺悔，允垂千古。

山行

遠上寒山石徑斜。白雲生處有人家。停車坐看楓林晚。霜葉紅於二月花。

評曰：牧之七絕以閒澹幽雅勝，此詩亦然。

懷吳中馮秀才（張祜詩內有此詩全唐詩未註明）

長洲苑外草蕭蕭。却算遊程歲月遙。唯有別時今不忘。暮煙秋雨過楓橋。

評曰：離情別意，盡在末句七字中。

漁父

白髮滄浪上。全忘是與非。秋潭垂釣去。夜月叩船歸。煙影侵蘆岸。潮痕在竹扉。終年狎鷗鳥。來去且無機。

評曰：清朗圓潤，纖塵不染。

金谷園

繁華事散逐香塵。流水無情草自春。日暮東風怨啼鳥。落花猶似墮樓人。

評曰：爲墮樓人付出情感。

旅宿

旅館無良伴。凝情自悄然。寒燈思舊事。斷雁警愁眠。遠夢歸侵曉。家書到隔年。湘江好煙月。門繫釣魚船。

評曰：牧之詩，爲陰柔之美。「家書到隔年」意新詞美。

悵詩

牧佐宣城幕遊湖州刺史，崔君張水戲，使州人畢觀令牧閒行閱奇麗，得垂髫者十餘歲，後十四年，牧刺湖州，其人已嫁生子矣，乃悵而爲詩。

自是尋春去校遲。不須惆悵怨芳時。狂風落盡深紅色。綠葉成陰子滿枝。

評曰：牧之多冶遊詩，皆能發乎情，止乎禮，故功名氣節，皆有成就。

即事

小院無人雨長苔。滿庭修竹間疎槐。春愁兀兀成幽夢。又被流鶯喚醒來。

評曰：情景交融，故成佳什。

許渾 字用晦，丹陽人。太和六年登進士第。累官監察御史，虞部員外郎，睦、郢二州刺史。詩十一卷。渾詩全屬今體，雍容渾厚，對仗工穩。惟格調不高，氣力不遒，絕少開闔壯濶之作。詩十一卷，選六首。

秋日赴闕題潼關驛樓

紅葉晚蕭蕭。長亭酒一瓢。殘雲歸太華。疎雨過中條。樹色隨山迥。河聲入海遙。帝鄉明日到。猶自夢漁樵。

評曰：第三聯渾厚有致，結聯開闔自如。

金陵懷古

玉樹歌殘王氣終。景陽兵合戍樓空。松楸遠近千官塚。禾黍高低六代宮。石燕拂雲晴亦雨。江豚吹浪夜還風。英雄一去豪華盡。唯有青山似洛中。

評曰：典實活用，詞筆精鍊。第三聯稍遜。

咸陽城東樓

一上高城萬里愁。蒹葭楊柳似汀洲。溪雲初起日沉閣。山雨欲來風滿樓。鳥下綠蕪秦苑夕。蟬鳴黃葉漢宮秋。行人莫問當年事。故國東來渭水流。

評曰：第二聯狀景之工，氣勢之盛，堪稱名句。餘亦功力非凡，可稱渾之代表作。

京口閒居寄京洛友人

吳門煙月昔同遊。楓葉蘆花並客舟。聚散有期雲北去。浮沉無計水東流。一尊酒盡青山暮。千里書回碧樹秋。何處相思不相見。鳳城龍闕楚江頭。

評曰：渾詩欠明朗，此詩玉明珠潤，堪稱佳作。

凌歊臺送韋秀才

雲起高臺日未沉。數村殘照半巖陰。野蠶成繭桑柘盡。溪鳥引雛蒲稗深。帆勢依依投極浦。鐘聲杳杳隔前林。故山迢遞故人去。一夜月明千里心。

評曰：詞筆秀麗，情意纏綿。

朝臺送客有懷

趙佗西拜已登壇。馬援南征土宇寬。越國舊無唐印綬。蠻鄉今有漢衣冠。江雲帶日秋偏熱。海雨隨風夏亦寒。嶺北歸人莫回首。蓼花楓葉萬里灘。

評曰：工整圓渾，在唐律中不可多得。

李商隱（八一二—八五八）字義山，懷州河內（河南省沁陽縣）人。開成二年，知貢舉，擢進士第，旋試拔萃中選。補太學博士，累工部員外郎。詩三卷。選三十三首。

錦瑟

錦瑟無端五十絃。一絃一柱思華年。莊生曉夢迷蝴蝶。望帝春心託杜鵑。滄海月明珠有淚。藍田日暖玉生煙。此情可待成追憶。只是當時已惘然。

評曰：中四句用典生動刻劃，可資取法。結聯欲語還休，韻味悠揚。

蟬

本以高難飽。徒勞恨費聲。五更疎欲斷。一樹碧無情。薄宦梗猶泛。故園蕪已平。煩君最相警。我亦舉家清。

評曰：詠蟬高潔，亦以自況。

樂遊原

向晚意不適。驅車登古原。夕陽無限好。只是近黃昏。

評曰：樂遊原爲普通題目，竟能寫出後兩句名詩，具見才高。

北齊二首

一笑相傾國便亡。何勞荊棘始堪傷。小憐玉體橫陳夜。已報周師入晉陽。

巧笑知堪敵萬幾。傾城最在着戎衣。晉陽已陷休回顧。更請君王獵一圍。

評曰：一舞一笑而傾國者多矣，主政者應引爲殷鑑。

風雨

淒涼寶劍篇。羈泊欲窮年。黃葉仍風雨。青樓自管絃。新知遭薄俗。舊好隔良緣。心斷新豐酒。銷愁斗幾千。

評曰：每聯之間，文理不相聯繫，而竟成好詩，有義山之才則可，無義山之才則妄也。

寄令狐郎中

嵩雲秦樹久離居。雙鯉迢迢一紙書。休問梁園舊賓客。茂陵秋雨病相如。

評曰：鳥鳴求友，情見乎詞。

哭劉蕡

上帝深宮閉九閽。巫咸不下問銜寃。廣陵別後春濤隔。湓浦書來秋雨翻。只有安仁能作誄。何曾宋玉解招魂。平生風義兼師友。不敢同君哭寢門。

評曰：輓詩難工。此詩情意哀惋，格調高超，與衆不同。

杜工部蜀中離席

人生何處不離群。世路干戈惜暫分。雪嶺未歸天外使。松州猶駐殿前軍。座中醉客延醒客。江上晴雲雜雨雲。美酒成都堪送老。當壚仍是卓文君。

評曰：起句戛戛獨造，第二聯調高氣盛，末聯搖曳生姿。

隋宮

紫泉宮殿鎖煙霞。欲取蕪城作帝家。玉璽不緣歸日角。錦帆應是到天涯。于今腐草無螢火。終古垂楊有暮鴉。地下若逢陳後主。豈宜重問後庭花。

評曰：氣勢壯濶，詞筆俊逸，末聯尤沉痛感人。

二月二日

二月二日江上行。東風日暖聞吹笙。花鬚柳眼各無賴。紫蝶黃蜂俱有情。萬里憶歸元亮井。三年從事亞夫營。新灘莫悟遊人意。更作風簷夜雨聲。

評曰：寫來俱是所見、所聞、所想，無甚特致，乃從平淡着筆也。

無題（二首錄一）

昨夜星晨昨夜風。畫樓西畔桂堂東。身無綵鳳雙飛翼。心有靈犀一點通。隔座送鉤春酒暖。分曹射覆蠟燈紅。嗟余聽鼓應官去。走馬蘭臺類斷蓬。

無題（四首錄二）

來是空言去絕跡。月斜樓上五更鐘。夢爲遠別啼難喚。書被催成墨未濃。蠟照半籠金翡翠。麝熏微度繡芙蓉。劉郎已恨蓬山遠。更隔蓬山一萬重。

颯颯東風細雨來。芙蓉塘外有輕雷。金蟾齧鏁燒香入。玉虎牽絲汲井迴。賈氏窺簾韓掾少。宓妃留枕魏王才。春心莫共花爭發。一寸相思一寸灰。

評曰：無題詩詞意隱約，只可在有意無意求了解，不可膠於一說。

隋宮（一云隋堤）

乘興南遊不戒嚴。九重誰省諫書函。春風舉國裁宮錦。半作障泥半作帆。

評曰：此刺隋煬之詩。

爲有

爲有雲屏無限嬌。鳳城寒盡怕春宵。無端嫁得金龜壻。辜負香衾事早朝。

評曰：輕澹閒雅，神韻悠揚，七絕成功之作。

無題

相見時難別亦難。東風無力百花殘。春蠶到死絲方盡。蠟炬成灰淚始乾。曉鏡但愁雲鬢改。夜吟應覺月光寒。蓬山此去無多路。青鳥殷勤爲探看。

評曰：人生悲歡離合，死生契濶，盡在此一詩中。

馬嵬（二首錄一）

海外徒聞更九州。他生未卜此生休。空聞虎旅傳宵柝。無復雞人報曉籌。此日六軍同駐馬。當時七夕笑牽牛。如何四紀爲天子。不及盧家有莫愁。

評曰：哀惋深，典實切，對仗工，格局高，在弔馬嵬詩中，首屈一指。

宿晉昌亭聞驚禽

羈緒鰥鰥夜景侵。高窗不掩見驚禽。飛來曲渚煙方合。過盡南塘樹更深。胡馬嘶和榆塞笛。楚猿吟雜橘村砧。失群掛木知何限。遠隔天涯共此心。

評曰：點化入神，傷感亦深，第三聯爲比興體，不然，離題太遠。

深宮

金殿銷香閉綺櫳。玉壺傳點咽銅龍。狂飇不惜蘿陰薄。清露偏知桂葉濃。斑竹嶺邊無限淚。景陽宮裏及時鐘。豈知爲雨爲雲處。只有高唐十二峰。

評曰：寫盡深宮哀怨，結聯如龍點睛。

定安城樓

迢遞高城百尺樓。綠楊枝外盡汀洲。賈生年少虛垂淚。王粲春來更遠遊。永憶江湖歸白髮。欲回天地入扁舟。不知腐鼠成滋味。猜意鵷雛竟未休。

評曰：詩意爲定安城樓感懷。第三聯構思新奇，末聯用意尤深，名句名言。

茂陵

漢家天馬出蒲梢。苜蓿榴花遍近郊。內苑只知含鳳觜。屬車無復插雞翹。玉桃偷得憐方朔。金屋修成貯阿嬌。誰料蘇卿老歸國。茂陵松柏雨蕭蕭。

評曰：義山詩跌宕離奇，不循思路，其功力在此，其弊病亦在此。

淚

永巷長年怨綺羅。離情終日思風波。湘江竹上痕無限。峴首碑前灑幾多。人去紫臺秋入塞。兵殘楚帳夜聞歌。朝來灞水橋邊問。未抵青袍送玉珂。

評曰：將灑淚典實，拼在一起，而不呆滯，殊見功夫。

常娥

雲母屏風燭影深。長河漸落曉星沉。常娥應悔偷靈藥。碧海青天夜夜心。

評曰：奇思異想，超凡入神，允稱好詩。

憶住（一作匡）一師

無事經年別遠公。帝城鐘曉憶西峰。爐煙銷盡寒燈晦。童子開門雪滿松。

評曰：末二句點化淨境，詞筆如有神助。

無題二首

鳳尾香羅薄幾重。碧文圓頂夜深縫。扇裁月魄羞難掩。車走雷聲語未通。曾是寂寥金燼暗。斷無消息石榴紅。斑騅只繫垂楊岸。何處西南任好風。

重帷深下莫愁堂。臥後清宵細細長。神女生涯原是夢。小姑居處本無郎。（原注古詩有小姑無郎之句）風波不信菱枝弱。月露誰敎桂葉香。直道相思了無益。未防惆悵是清狂。

評曰：義山詩隱約難明，思路每不連貫，無題詩更甚，讀者領略其風味可也，不必強作解釋。

井絡

井絡天彭一掌中。漫誇天設劍爲峰。陣圖東聚燕江石。邊柝西懸雪嶺松。堪歎故君成杜宇。可能先主是眞龍。將來爲報奸雄輩。莫向金牛訪舊蹤。

評曰：義山詩詞旨隱約，徵引紛繁，故眞義難明，此詩亦然。

隨師東

太和元年，李同捷盜據滄景，詔諸道軍討之，久未成功。每有小勝，則虛張首虜，以邀厚賞，饋運不給。滄州喪亂之後，骸骨蔽地，城空野曠，戶口什無三四。

東征日調萬黃金。幾竭中原買鬥心。軍令未聞誅馬謖。捷書惟是報孫歆。（原注：平吳之役，上言得歆，吳平，孫尚在。）但須鸑鷟巢阿閣。豈假鴟鴞在泮林。可惜前朝玄菟郡。積骸成莽陣雲深。

評曰：保全實力，虛報戰功，是兵家之大忌，歷代戰敗國亡，莫不如是，良足悲痛！

宋玉

何事荊臺百萬家。惟敎宋玉擅才華。楚辭已不饒唐勒。風賦何曾讓景差。落日渚宮供觀閣。開年雲夢送煙花。可憐庾信尋芳徑。猶得三朝託後車。

評曰：起聯超凡，餘亦工整。

韓同年新居餞韓西迎家室戲贈

籍籍征西萬戶侯。新緣貴壻起朱樓。一名我漫居先甲。千騎君翻在上頭。雲路招邀迴綵鳳。天河迢遞笑牽牛。南朝禁臠無人近。瘦盡瓊枝詠四愁。

評曰：「一名」「千騎」排在句首，突兀有力，此義山之造句法。

賈生

宣室求賢訪逐臣。賈生才調更無倫。可憐夜半虛前席。不問蒼生問鬼神。

評曰：重鬼神而輕蒼生，諷諭深矣。

北青蘿

殘陽西入崦。茅屋訪孤僧。落葉人何在。寒雲路幾層。獨敲初夜磬。閒依一枝藤。世界微塵裏。吾寧愛與憎。

評曰：幽閒澹雅，在唐詩中，不可多得。

卷十一

趙嘏 字承祐，山陽人。會昌二年登進士第。大中間爲渭南尉。詩贍美多興味。杜牧嘗愛其長笛一聲人倚樓之句，吟歎不已，人因目爲趙倚樓。詩二卷。選四首。

長安晚秋（一作秋望一作秋夕）

雲物淒涼拂曙流。漢家宮闕動高秋。殘星幾點雁橫塞。長笛一聲人倚樓。紫艷半開籬菊靜。紅衣落盡渚蓮愁。鱸魚正美不歸去。空戴南冠學楚囚。

評曰：除第二聯爲名句外，全篇工整無瑕。

宛陵寓居上沈大夫（二首）

滿耳歌謠滿眼山。宛陵城郭翠微間。人情已覺春長在。溪戶仍將水共閒。曉色入樓紅藹藹。夜聲尋砌碧潺潺。幽雲高鳥俱無事。晚伴西風醉客還。

溪樹參差綠可攀。謝家雲水滿東山。能忘天上他年貴。來結林中一日閒。醉叩玉盤歌褭褭。暖鳴幽澗鳥關關。觥籌不盡須歸去。路在春風縹渺間。

評曰：寫宛陵跡象與生活，却富逸思哲理，如兩首之第二聯，皆堪玩味。

江樓舊感

獨上江樓思渺然。月光如水水如天。同來望月人何處。風景依稀似去年。

評曰：後二句語雖平淺，而意義深長。

劉威 會昌時人，詩二十七首，選一首。

遊東湖黃處士園林

偶向東湖更向東。數聲雞犬翠微中。遙知楊柳是門處。似隔芙蓉無路通。樵客出來山帶雨。漁舟過去水生風。物情多與閒相稱。所恨求安計不同。

評曰：只是湖塘、雞犬、楊柳、芙蓉、樵客、漁舟，普通詩料，全憑造句巧妙，而成佳叶，如第二聯尤見造句之工。

崔櫓 大中時舉進士，仕爲棣州司馬。詩十六首，選一首。

華清宮（三首錄一）

草遮回磴絕鳴鑾。雲樹深深碧殿寒。明月自來還自去。更無人倚玉欄干。

評曰：最精彩處在後二句。

李羣玉 字文山，澧州人，性曠逸，官弘文館校書郎，未幾乞假歸，卒。詩三卷。選三首。

山中秋夕

抱琴出南樓。氣爽浮雲滅。松風吹天籟。竹路踏碎月。後山鶴唳定。前浦荷香發。境寂良夜深。了與人間別。

評曰：格調高古，峭拔有力。

同鄭相幷歌姬小飲戲贈

裙拖六幅湘江水。鬢聳巫山一段雲。風格只應天上有。歌聲豈合世間聞。胸前瑞雪鐙斜照。眼底桃花酒半醺。不是相如憐賦客。爭教容易見文君。

評曰：樂而不淫，華而不艷。立意遣詞，尤多逸致。

秣陵懷古

野花黃葉舊吳宮。六代豪華燭散風。龍虎勢衰佳氣歇。鳳皇名在故臺空。市朝遷變秋蕪綠。墳塚高低落照紅。覇業鼎圖人去盡。獨來惆悵水雲中。

評曰：全從金陵故實，繫以感慨，不算佳作，但不失爲可讀之詩。

賈島（七七九—八四三）字浪仙，范陽（現北平市附近）人。初爲浮屠，名無本。來東都，韓愈教其爲文，遂去浮屠，從舉業，屢舉不中第。文宗時坐飛謗，貶長江主簿，會昌初，以普州司倉參軍遷司戶，未受命，卒。詩思苦吟入僻。詩三卷，選十七首。

登江亭晚望

浩渺浸雲根。煙嵐沒遠村。鳥歸沙有跡。帆過浪無痕。望水知柔性。看山欲卷魂。縱情猶未已。迴馬欲黃昏。

評曰：文筆生動，氣力充沛。所謂島瘦，亦不盡然。欲字重見。

送天台僧

遠夢歸華頂。扁舟背岳陽。寒蔬修淨食。夜浪動禪床。雁過孤峰曉。猿啼一樹霜。身心無別念。餘習在詩章。

評曰：就僧門生活境界立言，無一泛語。

題李凝幽居

閒居少鄰並。草徑入荒園。鳥宿池邊樹。僧敲月下門。過橋分野色。移居動雲根。暫去還來此。幽期不負言。

評曰：表情狀景，恰如其分。僧敲敲字煞費斟酌，可見島詩用力之苦。

寄董武

雖同一城裏。少省得從容。門掩園林僻。日高巾幘慵。孤鴻來半夜。積雪在諸峰。正憶毘陵客。聲聲隔水鐘。

評曰：精華透露，不事雕飾。

訪李甘原居

原西居處靜。門對曲江開。石縫銜枯草。查根上淨苔。翠微泉夜落。紫閣鳥時來。仍憶尋淇岸。同行採蕨囘。

評曰：石縫聯構思奇特，銜字亦工。

僻居無可上人相訪

自從居此地。少有事相關。積雨荒鄰圃。秋池照遠山。硯中枯葉落。枕上斷雲閒。野客將禪子。依依徧往還。

評曰：清癯有力，移俗入雅，此島詩之特色也。

原東居喜唐溫琪頻至

曲江春草生。紫閣雪分明。汲井嘗泉味。聽鐘問寺名。墨研秋日雨。茶試老僧鐺。地近勞頻訪。烏紗出送迎。

評曰：全從原東居風物着筆，只用後兩句點題，可悟詩法。

送穀法師

度歲不相見。嚴冬始出關。孤煙寒色樹。高雪夕陽山。瀑布寺應到。牡丹房甚閒。南朝遺跡在。此去幾時還。

評曰：起結兩聯，點化詩題。二三兩聯，見造句之工。

寄遠

家住錦水上。身征遼海邊。十書九不到。一到忽經年。

評曰：平淡中有深意。

雪晴晚望

倚杖望晴雪。溪雲幾萬重。樵人歸白屋。寒日下危峰。野火燒岡草。斷煙生石松。却回山寺路。聞打暮天鐘。

評曰：島五律詩，中四句概以四事相排合，幸造句工，故不見其呆板耳。

寄韓潮州愈

此心曾與木蘭舟。直到天南潮水頭。隔嶺篇章來華岳。出關書信過瀧流。峰懸驛路殘雲斷。海浸城根老樹秋。一夕瘴煙風卷盡。月明初上浪西樓。

評曰：愈時在潮州，故多取材嶺南山水風物，而詩情則未臻善也。

渡桑乾

客舍并州已十霜。歸心日夜憶咸陽。無端更渡桑乾水。却望并州是故鄉。

評曰：客并州，憶咸陽，渡桑乾，望并州，離家愈遠，客愁愈深，人人有此想法，但少此詩章，此詩在唐，亦可稱爲名詩。

贈梁浦秀才斑竹拄杖

揀得林中最細枝。結根石上長身遲。莫嫌滴瀝紅斑少。恰似湘妃淚盡時。

評曰：長於取材，善於用典。

宿村家亭子

牀頭枕是溪中石。井底泉通竹下池。宿客未眠過夜半。獨聞山雨到來時。

評曰：從最簡單意象中構成好詩，具見功夫。

代舊將

舊事說如夢。誰當信老夫。戰場幾處在。部曲一人無。落日收病馬。晴天曬陣圖。猶希聖朝用。自鑷白髭鬚。

評曰：往事如煙，不勝大樹飄零，髀肉復生之感。

題詩後（島吟成獨行潭底影數息樹邊身二句下注此一絕）

二句三年得。一吟雙淚流。知音如不賞。歸臥故山秋。

評曰：詩貴一氣呵成，詩情理路，較爲貫通。但詩成後，須存稿數日，細味理路詞飾，始予定稿，以免古人策馬追稿之勞。

尋隱者不遇（一作孫革訪羊尊師詩）

松下問童子。言師採藥去。只在此山中。雲深不知處。

評曰：問對猜想，點化入神，深得五絕三昧。

温庭筠（八一八—八七二？）本名岐，字飛卿，太原（現屬山西省）人。與李商隱齊名，人稱溫李。然行無檢幅。數舉進士不第。思神速，每入試押官韻作賦，凡八叉手而成，時號溫八叉。爲襄陽巡官，後遷隋縣尉，卒。詩九卷，選十首。

贈蜀府將（蠻入成都頻著功勞）

十年分散劍關秋。萬事皆隨錦水流。志氣已曾明漢節。功名猶自滯吳鉤。雕邊認箭寒雲重。馬上聽笳塞草愁。今日逢君倍惆悵。灌嬰韓信盡封侯。

評曰：每聯俱佳，末聯感慨，更使全篇生色。

利州南渡

澹然空水對斜暉。曲島蒼茫接翠微。波上馬嘶看櫂去。柳邊人歇待船歸。數叢沙草羣鷗散。萬頃江田一鷺飛。誰解乘舟尋范蠡。五湖煙水獨忘機。

評曰：野景旅情，活躍紙上。

池塘七夕

月出西南露氣秋。綺羅河漢在斜溝。楊家繡作鴛鴦幔。張氏金爲翡翠鉤。香燭有花妨宿燕。畫屏無睡待牽牛。萬家砧杵三篙水。一夕橫塘是舊遊。

評曰：平穩無疵，不算佳構。

過陳琳墓

曾於青史見遺文。今日飄蓬過古墳。詞客有靈應識我。覇才無主始憐君。石麟埋沒藏春草。銅雀荒涼對暮雲。莫怪臨風倍惆悵。欲將書劍學從軍。

評曰：起聯親切異常。二聯彼此憐愛。三聯對墓生悲，末聯嫌弱。

經李徵君故居（一作王建詩）

露濃煙重草萋萋。樹映闌干柳拂堤。一院落花無客醉。五更殘月有鶯啼。芳筵想像情難盡。故榭荒涼路已迷。惆悵羸驂往來慣。每經門巷亦長嘶。

評曰：低徊哀悼，情隨文至

彈箏人

天寶年中事玉皇。曾將新曲敎寧王。鈿蟬金雁今零落。一曲伊州淚萬行。
評曰：往事不堪回首，音樂感人尤深。

瑤瑟怨

冰簟銀床夢不成。碧天如水夜雲輕。雁聲遠過瀟湘去。十二樓中月自明。
評曰：輕盈蘊藉，韻味悠揚。

過分水嶺

溪水無情似有情。入山三日得同行。嶺頭便是分頭處。惜別潺湲一夜聲。
評曰：萬種風情，落在尾句。

蘇武廟

蘇武魂銷漢使前。古祠高樹兩茫然。雲邊雁斷胡天月。隴上羊歸塞草煙。迴日樓臺非甲帳。去時冠劍是丁年。茂陵不見封侯印。空向秋波哭逝川。
評曰：是一首名詩，第二聯特佳，將蘇武持節牧羊情事，刻劃入神。

贈盧長史

移病欲成隱。扁舟歸舊居。地深新事少。官散故交疎。道直更無侶。家貧惟有書。東門煙水夢。非獨爲鱸魚。
評曰：中多哲理名言，足以振聾啓瞶。

劉滄 字蘊靈，魯人，大中八年擢進士第。調華原尉，遷龍門令。詩一卷，全七律，選一首。

咸陽懷古

經過此地無窮事。一望淒然感廢興。渭水故都秦二世。咸原秋草漢諸陵。天空絕塞聞邊雁。葉盡孤村見夜燈。風景蒼蒼多少恨。寒山半出白雲層。

評曰：鋪陳精細，對仗尤工，惟格低力弱，終非佳什。

李頻 字德新，睦州壽昌人。大中八年擢進士第。官歷都官員外郎，建州刺史。詩三卷，選二首。

尋山

一逕入雙崖。初疑有幾家。行窮人不見。坐久日空斜。石上生靈草。泉中落異花。終須結茅屋。向此學餐霞。

評曰：粗而不俗，淺而有味。

李郢 字楚望，長安人，大中十年第進士。官終侍御史。詩一卷，選一首。

贈羽林將軍

虬鬚憔悴羽林郎。曾入甘泉侍武皇。鵰沒夜雲知御苑。馬隨仙仗識天香。五湖歸去孤舟月。六國平來兩鬢霜。唯有桓伊江上笛。臥吹三弄送殘陽。

評曰：浮沉異勢，寄慨深長。

崔珏字夢之，嘗寄家荊州，登大中進士第。由幕府拜秘書郎，爲淇縣令，有惠政，官至侍御。詩一卷，選二首。

岳陽樓晚望

乾坤千里水雲間。釣艇如萍去復還。樓上北風斜捲席。湖中西日倒銜山。懷沙有恨騷人往。鼓瑟無聲帝子閒。何事黃昏尚凝睇。數行煙樹接荊蠻。

評曰：懷古感今，哀怨深長。

和友人鴛鴦之什（三首錄一）

翠鬣紅衣舞夕暉。水禽情似此禽稀。暫分煙島猶回首。只渡寒塘亦共飛。映霧乍迷珠殿瓦。逐梭齊上玉人機。採蓮無限蘭橈女。笑指中流羨爾歸。

評曰：詩題大者，見其壯濶，如前篇是也。詩題小者，見其精細，如此篇是也。

于武陵會昌時人，詩一卷，選一首。

夜與故人別

白日去難駐。故人非舊容。今宵一別後。何處更相逢。過楚水千里。到秦山幾重。語來天又曉。月落滿城鐘。

評曰：語意纏綿，俗不傷雅。

司空圖字表聖，河中虞鄉人。咸通末擢進士第。僖宗行在用爲知制誥中書舍人。歸隱中條山。朱全忠受禪，召爲禮部尚書，不食而卒。著詩品二十四則，見重詩壇。詩三卷，選六首。

山中

全家與我戀孤岑。蹋得蒼苔一徑深。逃難人多分隙地。放生麋大出寒林。名應不朽輕仙骨。理到忘機近佛心。昨夜前溪驟雷雨。晚晴閒步數峰吟。

評曰：第三聯富禪思哲理，餘亦可讀。

退棲

宦遊蕭索爲無能。移住中條最上層。得劍乍如添健僕。亡書久似失良朋。燕昭不是空憐馬。支遁何妨亦愛鷹。自此致身繩檢外。肯教世路日兢兢。

評曰：首句立言得體，第二聯從現實體會得來。

華下

簪冠新帶步池塘。逸韻偏宜夏景長。扶起綠荷承早露。驚迴白鳥入殘陽。久無書去干時貴。時有僧來自故鄉。不用名山訪眞訣。退休便是養生方。

評曰：世亂勇退，淡泊自養，而竟受新朝迫害，不食而死，亂世名士，可悲也夫。時字重見，第二時字可易爲常字。

重陽山居

詩人自古恨難窮。暮節登臨且喜同。四望交親兵亂後。一川風物笛聲中。菊殘深處迴幽蝶。陂動晴光下早鴻。明日更期來此醉。不堪寂寞對衰翁。

評曰：第二聯佳句，末句感慨亦深。

光化四年春戊申（一作歸王官次年作）

亂後燒殘數架書。峰前猶自戀吾廬。忘機漸喜逢人少。覽鏡空憐待鶴疎。孤嶼池痕春漲滿。小闌花韻午晴初。酣歌自適逃名久。不必門多長者車。

評曰：亂世生涯，清適如此，殊令人羨慕不置。當時司空圖尚不意四年後朱溫篡唐也。

丁巳重陽

重陽未到已登臨。探得黃花且獨斟。客舍喜逢連日雨。家山似響隔河砧。亂來已失耕桑計。病後休論濟活心。自賀逢時能自棄。歸鞭惟拍馬韉吟。

評曰：逢時自棄，是處亂世之眞訣也。

聶夷中（八三七—？）字坦之，河東（現山西省永濟縣）人。咸通十二年登進士第，官華陰尉。詩一卷，選二首。

詠田家（一作傷田家）

二月賣新絲。五月糶新穀。醫得眼前瘡。剜却心頭肉。我願君王心。化作光明燭。不照綺羅筵。只照逃亡屋。

田家（二首）（後一首重見李紳詩中從略全唐詩未註明）

父耕原上田。子斸山下荒。六月禾未秀。官家已修倉。

評曰：傷田家詩多，佳什亦多，此數篇，尤別具一格，出語如刀刺箭射，痛徹肺腑。

張喬 池州人，咸通中進士。黃巢之亂，罷擧，隱九華。詩二卷，選六首。

華山

誰將倚天劍。削出倚天峰。衆水背流急。他山相向重。樹黏青靄合。崖夾白雲濃。一夜盆傾雨。前湫起毒龍。

評曰：起聯非凡，中四句造句用字，巧妙有力。

書邊事

調角斷清秋。征人倚戍樓。春風對青塚。白日落梁州。大漠無兵阻。窮邊有客遊。蕃情似此水。長願向南流。

評曰：清疎搖曳，朗潤如畫。

河湟舊卒

少年隨將討河湟。頭白時清返故鄉。十萬漢軍零落盡。獨吹邊曲向殘陽。

評曰：可與「古來征戰幾人回」「一將功成萬骨枯」諸詩，並垂千古。

越中贈別

東越相逢幾醉眠。滿樓明月鏡湖邊。別離吟斷西陵渡。楊柳秋風兩岸蟬。

評曰：細描輕寫，韻味深長。

臺城

宮殿餘基長草花。景陽宮樹噪村鴉。雲屯雉堞依然在。空繞漁樵四五家。

評曰：廢基殘堞，百感蒼涼。

九華樓晴望

一夜江潭風雨後。九華晴望倚天秋。重來此地知何日。欲別殷勤更上樓。

評曰：欲去還留，結句有力。

李咸用與來鵬同時，不第，嘗應辟爲推官。詩三卷，選一首。

題王處士山居

雲木沉沉夏亦寒。此中幽隱幾經年。無多別業供王稅。大半生涯在釣船。蜀魄叫迴芳草色。鷺鷥飛破夕陽煙。干戈蝟起能高臥。只箇逍遙是謫仙。

評曰：王處士除釣魚外別無生事，高臥逍遙，不愧謫仙。

方干字雄飛，新定人。一舉不得志，遂遯會稽，漁於鑑湖。後進私諡曰玄英先生。詩六卷，選三首。

湖北有茅齋湖西有松島輕棹往返頗諧素心因成四韻

湖北湖西往復還。朝昏只處自由間。暑天移榻就深竹。月夜乘舟歸淺山。遶砌紫鱗欹枕釣。垂簷野果隔窗攀。古賢暮齒方如此。多笑愚儒鬢未斑。

鑑湖西島言事

慵拙幸便荒僻地。縱聽猿鳥亦何愁。偶斟藥酒欺梅雨。却着寒衣過麥秋。歲計有時添橡實。生涯一半在漁舟。世人若便無知己。應向此溪成白頭。

評曰：方干長隱鑑湖，農漁爲生，山居野趣，領悟最深，故發於詩者，與衆不同。第二首便字重見。後便字可改使字。

衢州別李秀才

千山紅樹萬山雲。把酒相看日又曛。一曲驪歌兩行淚。更知何處再逢君。

評曰：詞意極爲普通，但與王維渭城曲，難分軒輊。

羅隱（八三三—九〇九）字昭諫，餘杭人，本名橫，十上不中第，遂更名。投錢鏐，官歷著作佐郎，奏授司勳郎。朱全忠以諫議大夫召，不行。年七十七卒。詩十一卷，選八首。

曲江春感（一題作歸五湖）

江頭日暖花又開。江東行客心悠哉。高陽酒徒半彫落。終南山色空崔嵬。聖代也知無棄物。侯門未必用非才。一船明月一竿竹。家住五湖歸去來。

評曰：羅隱十上未第，宦途失意，聖代聯，不失詩人忠厚之旨，第二句欠佳。

黃河

莫把阿膠向此傾。此中天意固難明。解通銀漢應須曲。纔出崑崙便不淸。高祖誓功衣帶小。仙人占斗客槎輕。三千年後知誰在。何必勞君報太平。

評曰：羅隱詩用意遣詞，故作曲折不暢，而令人費解，此亦摒棄庸俗之一法也。末聯不僅詩意翻新，諷諭亦深。

登夏州城樓

寒城獵獵戍旗風。獨倚危樓悵望中。萬里山河唐土地。千年魂魄晉英雄。離心不忍聽邊馬。往事應須問塞鴻。好脫儒冠從校尉。一枝長戟六鈞弓。

評曰：文人失意，每欲棄文就武，羅隱亦然。此詩首末二聯，落落不凡。中四句含義對仗，俱臻上乘。

水邊偶題

野水無情去不回。水邊花好爲誰開。只知事逐眼前去。不覺老從頭上來。窮似丘軻休歎息。達如周召亦塵埃。思量此理何人會。蒙邑先生最有才。

評曰：哲理達觀，洋溢紙上，羅隱係由困窘中鍛鍊出來，壽高七十七，不無因也。

故洛陽公鎭大梁時隱得遊門下今之經歷事往人非聊抒所懷以傷以謝

孤舟欲泊思何窮。曾憶西來值雪中。珠履少年初滿座。白衣遊子也從公。狂抛賦筆琉璃冷。醉依歌筵瑇瑁紅。今日斯文向誰說。淚碑棠樹兩成空。

評曰：情眞文達，不同凡音。

魏城逢故人（一題作綿谷迴寄蔡氏昆仲）

一年兩度錦江遊。前値東風後値秋。芳草有情皆礙馬。好雲無處不遮樓。山將別恨和心斷。水帶離聲入夢流。今日因君試回首。澹煙喬木隔綿州。

評曰：此是一首成功七律，中四句造句用字，特見功夫。起結二聯，亦別具性格。

偶題（一題作嘲鍾陵妓雲英）

鍾陵醉別十餘春。重見雲英掌上身。我未成名君未嫁。可能俱是不如人。

評曰：青樓朝暮，江湖落拓，兩般滋味，同一辛酸。

感弄猴人賜朱紱

十二三年就試期。五湖煙月奈相違。何如買取胡孫弄。一笑君王便著緋。

評曰：讀書不如弄胡孫，感慨深矣。

秦韜玉字仲明，京兆（現陝西省西安市）人。中和二年，得准勅及第。僖宗幸蜀，以工部侍郎爲田令孜神策判官。詩一卷，選二首。

貧女

蓬門未識綺羅香。擬託良媒益自傷。誰愛風流高格調。共憐時世儉梳妝。敢將十指誇纖巧。不把雙眉鬭畫長。苦恨年年壓金線。爲他人作嫁衣裳。

評曰：以貧士比貧女，傷心極矣。

釣翁

一竿青竹老江隈。荷葉衣裳自可裁。潭定靜懸絲影直。風高斜颭浪紋開。朝携輕棹穿雲去。暮背寒塘戴月囘。世上無窮嶮巇事。算應難入釣船來。

評曰：漁釣生涯，明晰如畫。

崔塗 字禮山，江南人，光化四年，登進士第。詩一卷，選十一首。

長安逢江南僧

孤雲無定蹤。忽別又相逢。說盡天涯事。聽殘上國鐘。問人尋寺僻。乞食過街慵。憶到曾棲處。開門對數峯。

評曰：第三聯造句法，唐五律內極多，甚爲警絕可學。結聯逸致非凡。

過昭君故宅

以色靜胡塵。名還異衆嬪。免勞征戰力。無愧綺羅身。骨竟埋青塚。魂應怨畫人。不堪逢舊宅。寥落對江濱。

評曰：起句非凡，餘亦超脫，在詠昭君詩中，另具一格。

春日登吳門

故國望不見。愁襟難暫開。春潮映楊柳。細雨入樓臺。靜少人同到。晴逢雁正來。長安遠於日。搔首獨徘徊。

評曰：遠遊而思魏闕，幽意纏綿。第三聯又是一種造句法。

南山旅舍與故人別（一作商山道中）

一日又將暮。一年看卽殘。病知新事少。老別舊交難。山盡路猶險。雨餘春却寒。那堪試迴首。烽火是長安。

評曰：首末二聯，加重全篇氣勢，看似平凡，實甚警絕。

孤雁（二首）

湘浦離應晚。邊城去已孤。如何萬里計。只在一枝蘆。迴起波搖楚。寒棲月映蒲，不知天畔侶。何處下平蕪。

幾行歸去盡。片影獨何之。暮雨相呼失。寒塘獨下遲。渚雲低暗度。關月冷遙隨。未必逢矰繳。孤飛自可疑。

評曰：着重孤字，擒題得法。第二篇中四句，組句鍊字，極見功力。

送僧歸天竺

忽憶曾棲處。千峰近沃州。別來秦樹老。歸去海門秋。汲帶寒汀月。禪鄰賈客舟。遙思清興愜。不厭石林幽。

評曰：禪思幽意，清人肺腑。

樵者

行山行採薇。閒翦蕙爲衣。避世嫌山淺。逢人說姓稀。有時還獨醉。何處掩衡扉。莫看棊終局。溪風晚待歸。

評曰：詠爲隱而樵，第二聯有深意。

南澗耕叟

年年南澗濱。力盡志猶存。雨雪朝耕苦。桑麻歲計貧。戰添丁壯役。老憶太平春。見說經荒後。田園半屬人。

評曰：耕種苦辛，亂世尤烈。

金陵晚眺（一作懷古）

葦聲騷屑水天秋。吟對金陵古渡頭。千古是非輸蝶夢。一輪風雨屬漁舟。若無仙分應須老。幸有歸山即合休。何必登臨更惆悵。比來身世只如浮。

評曰：中四句有哲理，有禪意，修養亦高，文更俊逸。

春夕（一本下有旅懷二字）

水流花謝兩無情。送盡東風過楚城。胡蝶夢中家萬里。子規枝上月三更。故園書動經年絕。華髮春唯滿鏡生。自是不歸歸便得。五湖煙景有誰爭。

評曰：旅懷悽切，鄉思纏綿，結聯翻出新意。

韓偓 字致光，京兆萬年人。龍紀元年擢進士第。歷翰林學士，中書舍人，兵部侍郎。

以不附朱全忠，貶濮州司馬。天佑二年復原官，不赴。依王審知而卒。詩四卷，選七首。

社後

社後重陽近。雲天澹薄間。目隨棊客靜。心共睡僧閒。歸鳥城銜日。殘虹雨在山。寂寥思晤語。何夕欵柴關。

評曰：第二聯思想淨化，一塵不染。第三聯以奇筆寫景，犖犖不羣。

息慮

息慮狎羣鷗。行藏合自由。春寒宜酒病。夜雨入鄉愁。道向危時見。官因亂世休。外人相待淺。獨說濟川舟。

評曰：此詩見其節操，其不附朱全忠宜矣。

自沙縣抵龍溪縣值泉州軍過後村落皆空因有一絕

水自潺湲日自斜。盡無雞犬有鳴鴉。千村萬落如寒食。不見人煙空見花。

評曰：兵刼後荒涼景況，七言四句，可匹杜工部之無家別。

僧影

山色依然僧已亡。竹間疎磬隔殘陽。智燈已滅餘空燼。猶自光明照十方。

評曰：哀悼竭情，恭維得體。

春盡

惜春連日醉昏昏。醒後衣裳見酒痕。細水浮花歸別澗。斷雲含雨入孤村。人閒易有芳時恨。地勝難招自古魂。慚愧流鶯相厚意。清晨猶為到西園。

評曰：第二聯刻劃入神，第三聯佳句。

睡起

睡起牆陰下藥闌。瓦松花白閉柴關。斷年不出僧嫌癖。逐日無機鶴伴閒。塵土莫尋行止處。煙波長在夢魂間。終撐舴艋稱漁叟。賒買湖心一崦山。

評曰：出塵忘機，別有境界，詞意閒澹，尤難企及。

過臨淮故里

交遊昔歲已凋零。第宅今來亦變更。舊廟荒涼時饗絕。諸孫飢凍一官成。五湖竟負他年志。百戰空垂異代名。榮盛幾何流落久。遣人襟抱薄浮生。

評曰：故園興廢，感慨叢生。

吳融 字子華，越州山陰人。龍紀初擢進士第。歷官中書舍人，戶部侍郎。詩四卷，選四首。

新安道中翫流水

一渠春碧弄潺潺。密竹繁花掩映間。看處便須終日住。算來爭得此身閒。縈紆似接迷春洞。清冷應連有雪山。上却征車再回首。了然塵土不相關。

評曰：第二聯造句，另立奇格，非凡手可幾。第三聯亦新穎可愛。

憶釣翁

青山小隱枕潺湲。一葉垂綸幾泝沿。後浦春風隨興去。南塘秋雨有時眠。慣衝曉霧驚羣雁。愛颭殘陽入亂煙。回首無人寄惆悵。九衢塵土困揚鞭。

評曰：「愛颭殘陽入亂煙」佳句，餘亦工穩。

廢宅

風飄碧瓦雨摧垣。却有鄰人與鎖門。幾樹好花閒白晝。滿庭芳草易黃昏。放魚池涸蛙爭聚。棲燕梁空雀自喧。不獨淒涼眼前事。咸陽一火便成原。

評曰：第二聯俊逸跌宕，末聯推進一層，更見沉痛。

太保中書令軍前新樓

十二闌干壓錦城。半空人語落灘聲。風流近接平津閣。氣色高含細柳營。盡日捲簾江草綠。有時欹枕雪峰晴。不知捧詔朝天後。誰此登臨看月明。

評曰：起聯倜儻不凡，中四句輕靈有力，末聯推開一層，結出新意。

王駕（八五一—？）字大用，河中（現山西省永濟縣）人。大順元年，登進士第。仕至禮部員外郎。詩六首，選四首。

古意

夫戍蕭關妾在吳。西風吹妾妾憂夫。一行書信千行淚。寒到君邊衣到無。

評曰：情意懇摯，結語名句。

社日（一作張演詩）

鵝湖山下稻粱肥。豚柵雞棲半掩扉。桑柘影斜春社散。家家扶得醉人歸。

評曰：平實寫來，似無高論；然將田家情景，歸眞返樸，非高手莫辦。

雨晴（一作晴景）

雨前初見花間蘂。雨後兼無葉裏花。蛺蝶飛來過墻去。却疑春色在鄰家。

評曰：後二句非非之想，神來之筆，求之七絕中不可多得。

過故友居

鄰笛寒吹日落初。舊居今已別人居。亂來兒姪皆分散。惆悵僧房認得書。

評曰：王篤存詩六首，而四首入選，足見詩貴精而不在多。所選四首七絕，只有謫仙小杜，可與比肩。

杜荀鶴

（八四六－九四〇）字彥之，池州人，自號九華山人。大順二年，第一人擢第。朱全忠厚遇之。表授翰林學士，主客員外郎，知制誥。天祐初卒。詩三卷，選六首。

春宮怨（一作周朴詩）

早被嬋娟誤。欲妝臨鏡慵。承恩不在貌。教妾若爲容。風暖鳥聲碎。日高花影重。年年越溪女。相憶採芙蓉。

評曰：後四句初看不甚銜接。須知第三聯狀景而加深宮人之怨，末聯轉羨越溪女也。前四句淋漓盡致，後四句一挽一推，餘音嫋嫋，允爲名作。

山中寡婦（一作時世行）

夫因兵死守蓬茅。麻苧衣衫鬢髮焦。桑柘廢來猶納稅。田園荒後尙徵苗。時挑野菜和根煑。旋斫生柴帶葉燒。任是深山更深處。也應無計避征徭。

評曰：此詠亂世征歛之苦，淸晰如畫。

戲贈漁家

見君生計羨君閒。求食求衣有底難。養一箔蠶供釣線。種千莖竹作漁竿。葫蘆杓酌春濃酒。舴艋舟流夜漲灘。却笑儂家最辛苦。聽蟬鞭馬入長安。

評曰：亂世漁樵，引人羨慕。

再經胡城縣

去歲曾經此縣城。縣民無口不寃聲。今來縣宰加朱紱。便是生靈血染成。

評曰：官吏貪汚，民不聊生，可算史詩。

溪岸秋思

桑柘窮頭三四家。掛罾垂釣是生涯。秋風忽起溪灘白。零落岸邊蘆荻花。

評曰：秋之爲氣，發人淸思。

自遣

糲食粗衣隨分過。堆金積帛欲如何。百年身後一丘土。貧富高低爭幾多。

評曰：達觀哲理，直追蒙莊。

卷十二

韋莊

韋莊字端己，杜陵人。乾寧元年第進士。仕至相蜀王建爲平章事。詩六卷，選十三首。

柳谷道中作却寄

馬前紅葉正紛紛。馬上離情斷殺魂。曉發獨辭殘月店。暮程遙宿隔雲村。心如岳色留秦地。夢逐河聲出禹門。莫怪苦吟鞭拂地。有誰傾蓋待王孫。

評曰：旅情旅景，配合發揮，更見精深。

憶昔

昔年曾向五陵遊。子夜歌清月滿樓。銀燭樹前長似晝。露桃華裏不知秋。西園公子名無忌。南國佳人號莫愁。今日亂離俱是夢。夕陽唯見水東流。

評曰：盛衰興亡之感，亂世尤甚。

贈邊將

昔因征遠向金微。馬出榆關一鳥飛。萬里只携孤劍去。十年空逐塞鴻歸。手招都護新降虜。身著文皇舊賜衣。只待煙塵報天子。滿頭霜雪爲兵機。

評曰：戰功勳績，表達無遺，只字重見，後只字似可改爲惟字。

寓言

爲儒逢世亂。吾道欲何之。學劍已應晚。歸山今又遲。故人三載別。明月兩鄉悲。惆悵滄江上。星星鬢有絲。

評曰：亂世儒生，進退失據。

臺城

江雨霏霏江草齊。六朝如夢鳥空啼。無情最是臺城柳。依舊煙籠十里堤。

評曰：此詩在唐詩七絕中，可佔一席，爲韋莊成功之作。

過揚州

當年人未識兵戈。處處青樓夜夜歌。花發洞中春日永。月明衣上好風多。淮王去後無雞犬。煬帝歸來葬綺羅。二十四橋空寂寂。綠楊摧折舊官河。

評曰：前半與後半，作強烈之對比，故感慨系之矣。配合揚州景物，尤覺親切。

婺州屏居蒙右省王拾遺車枉降訪病中延候不得因成寄謝

三年流落臥漳濱。王粲思家拭淚頻。畫角莫吹殘月夜。病心方憶故園春。自爲江上樵蘇客。不識天邊侍從臣。怪得白鷗驚去盡。綠蘿門外有朱輪。

評曰：跌宕搖曳，具見才力。

夜雪泛舟遊南溪

大江西面小溪斜。入竹穿松似若耶。兩岸嚴風吹玉樹。一灘明月曬銀砂。因尋野渡逢漁舍。更泊前灣上酒家。去去不知歸路遠。棹聲煙裏獨嘔啞。

評曰：詠雪詩，多而少佳。此詠泛舟賞雪，獨具境界，詞筆亦清朗閒逸。

春雲

春雲春水兩溶溶。依郭樓臺晚翠濃。山好只因人化石。地靈曾有劍爲龍。官辭鳳闕頻經歲。家住峨嵋第幾峰。王粲不知多少恨。夕陽吟斷一聲鐘。

評曰：機靈清絕，不染纖塵。

桐廬縣作

錢塘江盡到桐廬。水碧山青畫不如。白羽鳥飛嚴子瀨。綠蓑人釣季鷹魚。潭心倒影時開合。谷口閒雲自卷舒。此境只應詞客愛。投文空弔木玄虛。

評曰：中四句造句鍊字，別具功夫。

西塞山下作

西塞山前水似藍。亂雲如絮滿澄潭。孤峰漸映湓城北。片月斜生夢澤南。爨動曉煙烹紫蕨。露和香蒂摘黃柑。他年却棹扁舟去。終傍蘆花結一菴。

評曰：煙霞氣味，隱逸人語。

春愁

自有春愁正斷魂。不堪芳草思王孫。落花寂寂黃昏雨。深院無人獨倚門。

評曰：春愁春怨，悽切感人。

傷灼灼

灼灼蜀之麗人也。近聞貧且老。殂落於成都酒市中。因以四韻弔之。

嘗聞灼灼麗於花。雲髻盤時未破瓜。桃臉曼長橫綠水。玉肌香膩透紅紗。多情不住神仙界。薄命曾嫌富貴家。流落錦江無處問。斷魂飛作碧天霞。

評曰：藝妓酒女，憔悴終老，勢使然也。

張蠙字象文，清河人。乾寧二年登進士第。入蜀拜膳部員外郎，終金堂令。詩一卷。選二首。

遇道者

數里白雲裏。身輕無履踪。故尋多不見。偶到即相逢。古井生雲水。高壇出異松。聊看杏花酌。便是換顏容。

評曰：第二聯佳句，得來似不費力，構成偏見功夫。

邊情

窮荒始得靜天驕。又說天兵擬渡遼。聖主尙嫌蕃界近。將軍莫恨漢庭遙。草枯朔野春難發。冰結河源夏半銷。惆悵臨戎皆效國。豈無人似霍嫖姚。

評曰：起聯擲拿有力，第三句指出邊釁之主因。通篇健壯有力，乃邊塞詩之佳者。

曹松字夢徵，舒州人。天復初，杜德祥主文，放松及王希羽、劉象、柯崇、鄭希顏等及第，年皆七十餘，號五老榜。授秘書省正字，詩二卷。選二首。

己亥歲二首（僖宗廣明元年）

澤國江山入戰圖。生民何計樂樵蘇。憑君莫話封侯事。一將功成萬骨枯。

傳聞一戰百神愁。兩岸疆兵過未收。誰道滄江總無事。近來長共血爭流。

評曰：此爲黃巢之亂史詩。「一將功成萬骨枯」「近來長共血爭流」名句也。

唐求（一作球）居蜀之味江山，至性純愨。放曠疎逸。王建帥蜀，召爲參謀不就。隱居爲詩，納之大瓢，臥病投瓢於江，至新渠有識者，曰唐山人瓢也，接得之十纔二三。編爲一卷。選二首。

山東蘭若遇靜公夜歸

松門一徑微。苔滑往來稀。半夜聞鐘後。渾身帶雪歸。問寒僧接杖。辨語犬銜衣。又是安禪去。呼童閉竹扉。

評曰：就題發揮，深入淺出，問寒聯思路奇妙，獨出機杼。

題楊山人隱居

深山道者家。門戶帶煙霞。綠綴沿巖草。紅飄落水花。半庭栽小樹。一徑掃平沙。往往溪邊坐。持竿到日斜。

評曰：隱居生涯引人欣慕。

胡令能莆田隱者，少爲負局鎪釘之業，號爲胡釘鉸，詩四首，選二首。

喜韓少府見訪

忽聞梅福來相訪。笑着荷花出草堂。兒童不慣見車馬。走入蘆花深處藏。

小兒垂釣

蓬頭稚子學垂綸。側坐莓苔草映身。路人借問遙招手。怕得魚驚不應人。

評曰：實事實寫，毫不雕飾，反見眞切可愛。

伍唐珪 袁州宜春人，詩三首，選一首。

寒食日獻郡守

入門堪笑復堪憐。三徑苔荒一釣船。慚愧四鄰教斷火。不知厨裏久無煙。

評曰：借舊題翻新意，引人同情。

任翻（一作蕃）唐末人，詩十八首，選二首。

再遊巾子山寺

靈江江上幘峰寺。三十年來兩度登。野鶴尙巢松樹徧。竹房不見舊時僧。

三遊巾子山寺感述

清秋絕頂竹房開。松鶴何年去不迴。惟有前峰明月在。夜深猶過半江來。

評曰：前篇失僧，後篇失鶴，物換星移，寄慨遙深。

李九齡 洛陽人，唐末進士，入宋，登乾德二年進士第三人。詩一卷，選一首。

山中寄友人

亂雲堆裏結茅廬。已共紅塵跡漸疎。莫問野人生計事。窗前流水枕前書。

評曰：亂雲茅廬。流水詩書，眞野人生活也。

黃巢（？—八八四）曹州冤句（現山東省菏澤縣西南）人，舉進士不第。廣明作亂，破京都，後滅於泰山狼虎谷，詩三首，選三首。

題菊花

貴耳集，巢五歲時，侍其翁與父爲菊花詩，翁未就，巢信口曰，堪與百花爲總首，自然天賜赭黃衣。父怪欲擊之，翁曰，可令再賦，巢應聲云云。

颯颯西風滿院栽。蘂寒香冷蝶難來。他年我若爲青帝。報與桃花一處開。

不第後賦菊

待到秋來九月八。我花開後百花殺。衝天香陣透長安。滿城盡帶黃金甲。

自題像

陶穀五代亂離記云，巢敗後爲僧，依張全義於洛陽，曾繪像題詩，人見像識其爲巢云。

記得當年草上飛。鐵衣著盡著僧衣。天津橋上無人識。獨倚欄干看落暉。

評曰：余素主張就詩言詩，不以人傳詩，不以人廢詩，巢詩三首，不同凡響。題菊花詩，以青帝自期，大言炎炎，不第後賦菊詩，刀光劍影，兇惡畢露；自題像詩，梟雄末路，托足無門。

黃損字益之，連州人，梁龍德二年登進士第，仕南漢劉龑，累官尚書僕射，有桂香集，存詩四首，選一首。

書壁

蘇軾云，虔州布衣賴仙芝言，損未老退歸，一日忽遁去，莫知所在，子孫畫像事之，凡三十三年乃歸，書壁上云云，投筆而去。

一別人間歲月多。歸來人事已銷磨。惟有門前鑑池水。春風不改舊時波。（與賀知章還鄉詩多同）

評曰：景物未改，人事已非。

王仁裕字德輦，天水人，入蜀爲中書舍人，翰林學士，歷唐、晉、漢，終戶部尚書，周顯德初卒。詩一卷，選三首。

題麥積山天堂

躡盡懸空萬仞梯。等閒身共白雲齊。簷前下視羣山小。堂上平分落日低。絕頂路危人少到。古巖松健鶴頻棲。天邊爲要留名姓。拂石殷勤身自題。

評曰：山高險峻，形容盡致，身字重見，後身字似可改爲手字。

放猿

原註：仁裕從事漢中，有獻猿兒者，憐其黠慧育之，名曰野賓，經年壯大，跳擲頗爲患，繫紅綃於頸，題詩送之。

放爾丁寧復故林。舊來行處好追尋。月明巫峽堪憐靜。路隔巴山莫厭深。棲宿免勞青嶂夢。躋攀應愜白雲心。三秋果熟松梢健。任抱高枝徹曉吟。

遇放猿再作

原註：仁裕罷職入蜀，行次漢江壖嶓冢廟前，見一巨猿，捨羣而前，於道畔古木間，垂身下顧，紅綃宛在，以野賓呼之，聲聲應，立馬移時，不覺惻然，遂繼之一篇云。嶓冢祠前漢水濱。飲猿連臂下嶙峋。漸來子細窺行客。認得依稀是野賓。月宿縱勞覊絏夢。松餐非復稻粱身。數聲腸斷和雲叫。識是前時舊主人。

評曰：後篇抒情寓意，優於前篇。如月宿聯非僅詠猿已也。

張泌 字子澄，淮南人，仕南唐爲句容縣尉，累官至內史舍人，詩一卷。選三首。

寄人

別夢依依到謝家。小廊囘合曲闌斜。多情只有春庭月。猶爲離人照落花。

評曰：月明人靜，春思纏綿。

洞庭阻風（許棠洞庭湖詩與此全同，全唐詩並未注明）

空江浩蕩景蕭然。盡日菰蒲泊釣船。青草浪高三月渡。綠楊花撲一溪煙。情多莫舉傷春目。愁極兼無買酒錢。猶有漁人數家住。不成村落夕陽邊。

評曰：閒澹清雅，搖曳生姿。

秋晚過洞庭

征帆初挂酒初酣。莫景離情兩不堪。千里晚霞雲夢北。一洲霜橘洞庭南。溪風送雨過秋寺。礀石驚龍落夜潭。莫把羈魂弔湘魄。九疑愁絕鎖煙嵐。

評曰：意境功力，不及前篇。

陳陶（八五〇年前後在世）字嵩伯，嶺南人。大中時遊學長安，南唐昇元中，隱洪州西山，後不知所終。詩二卷，選二首。

西川座上聽金五雲唱歌

蜀王殿上華筵開。五雲歌從天上來。滿堂羅綺悄無語。喉音止駐雲徘徊。管絃金石還依轉。不隨歌出靈和殿。白雲飄飄席上聞。貫珠歷歷聲中見。舊樣釵篦淺澹衣。元和梳洗青黛眉。低叢小鬢膩鬌髻。碧牙鏤掌山參差。曲終暫起更衣過。還向南行座頭坐。低眉欲語謝貴侯。檀臉雙雙淚穿破。自言本是宮中嬪。武皇改號承恩新。中丞御史不足比（中丞御史皆當時宮中歌者）。水殿一聲愁殺人。武皇鑄鼎登眞籙。嬪御蒙恩免幽辱。茂陵弓劍不得親。嫁與卑官到西蜀。卑官到官年未周。堂衡祿罷東西遊。蜀江水急駐不得。復此萍蓬二十秋。今朝得侍王侯宴。不覺途中妾身賤。願持卮酒更唱歌。歌是伊州第三遍。唱著右丞征戍詞。更聞閨月添相思。如今聲韻尙如在。何況宮中年少時。五雲處處可憐許。明朝道向褒中去。須臾宴罷各東西。雨散雲飛莫知處。

評曰：局勢謹嚴，聲調高古，可媲美白傅琵琶行。

隴西行（四首錄一）

誓掃匈奴不顧身。五千貂錦喪胡塵。可憐無定河邊骨。猶是春閨夢裏人。

評曰：與張籍沒蕃故人詩「欲祭疑君在，天涯哭此時」，詩意相反相成，無比哀慟。

李中 字有中，隴西人，仕南唐爲淦陽宰。詩四卷，選五首。

寒江暮泊寄左偃

維舟蘆荻岸。離恨若爲寬。煙火人家遠。汀洲暮雨寒。天涯孤夢去。蓬底一燈殘。不是憑騷雅。相思寫亦難。

秋江夜泊寄劉鈞

萬里江山斂暮煙。旅情當此獨悠然。沙汀月冷帆初卸。葦岸風多人未眠。已聽漁翁歌別浦。更堪邊雁過遙天。與君共俟酬身了。結侶波中寄釣船。

評曰：右二首舊題、舊意、舊詞，極易落套，一經深入，便清新俊逸，詩須構思，於此見之。

旅夜聞笛

長笛起誰家。秋涼夜漏賒。一聲來枕上。孤客在天涯。木末風微動。窗前月漸斜。暗牽詩思苦。不獨落梅花。

評曰：首聯如倒置出之，則平庸不堪矣。與「波瀾誓不起，妾心古井水」同一手法。一聲聯佳句，亦可稱爲十字聯，不言愁，而愁自深。

再到山陽尋故人不遇（二首）

維舟登野岸。因訪故人居。亂後知何處。荊榛匝弊廬。
欲問當年事。耕人都不知。空餘堤上柳。依舊自垂絲。

評曰：此二詩與韋莊之金陵圖詩，同一思路與意境，韋詩傷古，而此詩傷今，且不如韋詩之優美耳。

徐鉉 字鼎臣，廣陵人，仕南唐歷吏部尚書，歸宋爲散騎常侍，坐貶卒。詩六卷，選三首。

附書與鍾郎中因寄京妓越賓

暮春橋下手封書。（暮春海陵橋名）寄向江南問越姑。不道諸郎少歡笑。經年相別憶儂無。

代鍾荅（一作鍾謨作題爲代京妓越賓荅徐鉉此說爲是。）

一幅輕綃寄海濱。越姑長感昔時恩。欲知別後情多少。點點憑君看淚痕。

評曰：兒女之事，易見眞情。

送孟賓于員外還新淦

暫來城闕不從容。却佩銀魚隱玉峰。雙澗水邊欹醉石。九仙臺下聽風松。題詩翠壁稱逋客。采藥春畦狎老農。野鶴乘軒雲出岫。不知何日再相逢。

評曰：隱居生涯，點化入神。

韓垂 南唐時人，詩一首，選一首。

題金山

靈山一峰秀。岌然殊衆山。盤根大江底。插影浮雲間。雷霆常間作。風雨時往還。象外懸清影。千載長躋攀。

評曰：金山四面環水，高峯插雲，此詩狀景，具見功力。

金昌緒 餘杭人，詩一首，選一首。

春怨（一作伊州歌）

打起黃鶯兒。莫教枝上啼。啼時驚妾夢。不得到遼西。

評曰：如小兒女說話，天眞平實。

曾麻幾 吉州人，詩一首，選一首。

放猿

孤猿鎖檻歲年深。放出城南百丈林。綠水任從聯臂飲。青山不用斷腸吟。

評曰：敍事工穩，惜欠情調。

楊達 詩二首，選一首。

明妃怨

漢國明妃去不還。馬駝絃管向陰山。匣中縱有菱花鏡。羞對單于照舊顏。

評曰：明妃心事，坦率點出。

西鄙人詩一首，選一首。

哥舒歌

天寶中歌舒翰為安西節度使，控地數千里，甚著威令，故西鄙人歌此。

北斗七星高。歌舒夜帶刀。至今窺牧馬。不敢過臨洮。

評曰：詩貴灑脫開朗，此詩是也。

太上隱者詩一首，選一首。

答人

古今詩話云，太上隱者，人莫知其本末，好事者詢問其姓名，不荅，留詩一絕云。

偶來松樹下。高枕石頭眠。山中無曆日。寒盡不知年。

評曰：太上隱者口氣，非塵世人所能道出。

洛中舉子詩二首，選二首。

贈妓茂英

太平廣記，茂英年小時，舉子與相識，後到江外，偶於飲席遇之，因贈。

憶昔當初過柳樓。茂英年小尙嬌羞。隔窗未省聞高語。對鏡曾窺學上頭。一別中原俱老大。再來南國見風流。彈弦酌酒話前事。零落碧雲生暮愁。

又贈

舉子時謁節帥，留連數月，宴飲既頻，茂英為酒糺，諧戲頗洽，一日告辭，帥開筵送別，因暗留絕句與之，帥取覽，知其情，卽令人送付擧子。

少插花枝少下籌。須防女伴妒風流。坐中若打占相令。除却尙書莫點頭。

江陵士子詩一首，選一首。

寄故姬

盧氏雜記曰，江陵寓居士子，忘其姓名，有美姬，甚貧，去遊交廣間，戒其姬曰，我若五年不歸，任爾改適，去後五年未歸，姬遂爲前刺史所納在高麗坡底，及明年歸，已失姬所在，尋訪知處，遂爲詩寄之，刺史見詩，給一百千及資裝，遣還士子。

陰雨霏霏下陽臺。惹著襄王更不迴。五度看花空有淚。一心如結不曾開。纖蘿自合依芳樹。覆水寧思返舊杯。惆悵高麗坡底宅。春光無復下山來。

評曰：男女相悅之詞，較之臺閣應制，社會泛酬之什，高越多矣，故上三詩亦得入選。

無名氏詩六首。

雜詩二首

勸君莫惜金縷衣。勸君須惜少年時。有花堪折直須折。莫待無花空折枝。

近寒食雨草萋萋。著麥苗風柳映堤。早是有家歸未得。杜鵑休向耳邊啼。

評曰：初看無甚高論，細讀存有眞理眞情。

絕句一首

傳聞天子訪沉淪。萬里懷書西入秦。早知不用無媒客。恨別江南楊柳春。

評曰：實事眞寫，引人同情。

胡笳曲

月明星稀霜滿野。氈車夜宿陰山下。漢家自失李將軍。單于公然來牧馬。

評曰：從反面立言，更見精緻。

絕句一首

綠楊陰轉畫橋斜。舟有笙歌岸有花。盡日會稽山色裏。蓬萊淸淺水仙家。

評曰：有上淸氣，似仙子居。

三學山盤陀石上刻詩

拔地山巒秀。排空殿閣斜。雲供數州雨。樹獻九天花。夜月摩峰頂。秋鐘徹海涯。長松拂星漢。一一是仙槎。

評曰：是神仙侶語氣，非塵世人手筆。

花蘂夫人徐（一作費）氏青城人，幼能文，尤長於宮詞，得幸蜀主孟昶，賜號花蘂夫人。詩一卷。選一首。

述國亡詩

君王城上豎降旗。妾在深宮那得知。十四萬人齊解甲。寧（一作更）無一個是男兒。

一作蜀臣王承旨詩，前二句云，蜀朝昏主出降時，銜璧牽羊倒繫旗。

評曰：巾幗鬚眉，流傳千古。

程長文

鄱陽人，詩三首，選一首。

獄中書情上使君

長文爲強暴所誣，繫獄，獻詩雪寃。

妾家本住鄱陽曲。一片貞心比孤竹。當年二八盛容儀。紅牋草隸恰如飛。盡日閒窗刺繡坐。有時極浦採蓮歸。誰道居貧守都邑。幽閨寂寞無人識。海燕朝歸衾枕寒。山花夜落階墀濕。強暴之男何所爲。手持白刄向簾幃。一命任從刀下死。千金豈受暗中欺。我心匪石情難轉。志奪秋霜意不移。血濺羅衣終不恨。瘡黏錦袖亦何辭。縣僚曾未知情緒。卽便教人縶囹圄。朱脣滴瀝獨銜寃。玉筯闌干歎非所。十月寒更堪思人。一聞擊柝一傷神。高髻不梳雲已散。蛾眉罷掃月仍新。三尺嚴章難可越。百年心事向誰說。但看洗雪出圜扉。始信白圭無玷缺。

評曰：局勢嚴整，筆力勁遒，在巾幗詩中，不可多得。

寒山

又稱寒山子，不知何許人，居天台唐興縣寒巖，時往返國清寺。閭丘胤宦丹丘，親往寺中禮寒山，拾得，寒山離寺歸寒崖，入穴而去，其穴自合。嘗於竹木石壁書詩，並村墅屋壁所寫文句三百餘首，全唐詩編爲一卷。玆選三十七首，其次序依據拙作寒山詩選。

寒山詩境界甚高，眞實通俗，不事雕琢，不陷奧滯，文可足言，言可盡意，除部份缺乏神韻，粗俗傷雅外，在現時代值得提倡之一種詩聽。中國詩季刊曾出寒山詩專號三次，其中有作者和寒山詩三百餘首，及寒山詩評，可資參考。

(1)重巖我卜居。鳥道絕人跡。庭際何所有。白雲抱幽石。住茲凡幾年。屢見春冬易。寄語鐘鼎家。虛名定無益。

評曰：「鳥道絕人跡」「白雲抱幽石」，非棲食煙霞者，不能道出。

(2)可笑寒山道。而無車馬蹤。聯溪難記曲。叠嶂不知重。泣露千般草。吟風一樣松。此時迷徑處。形問影何從。

評曰：此詩山林風味，比陶潛田園風味，更爲活現，而詩情語調，酷似陶詩。

(3)欲得安身處。寒山可長保。微風吹幽松。近聽聲愈好。下有斑白人。喃喃讀黃老。十年歸不得。忘却來時道。

評曰：「微風吹幽松，近聽聲愈好」，非親歷其境，不得有此領悟。後四句如癡如夢，非凡非仙。

(4)吾心似秋月。碧潭清皎潔。無物堪比倫。教我如何說。

評曰：清風亮節，躍然紙上。後二句筆勢，尤見雄拔。

(5)吾家好隱淪。居處絕囂塵。踐草成三徑。瞻雲作四鄰。助歌聲有鳥。問法語無人。今日婆娑樹。幾年爲一春。

評曰：中四句細寫隱士境界與生涯。

(6)莊子說送終。天地爲棺槨。吾歸此有時。唯須一幡箔。死將餧青蠅。弔不勞白鶴。餓着首陽山。生廉死亦樂。

評曰：齊死生，忘榮辱，大澈大悟，境界甚高。

(7)人問寒山道。寒山路不通。夏天冰未釋。日出霧朦朧。似我何由屆。與君心不同。君心若似我。還得到其中。

評曰：道通與否，在乎一心，不求諸外，而求諸己。

(8)粤自居寒山。曾經幾萬載。任運遯林泉。棲遲觀自在。巖中人不到。白雲常靉靆。細草作臥褥。青天爲被蓋。快活枕石頭。天地任變改。

評曰：此爲寒山一首成功之作。寒巖無人，白雲靉靆，細草作褥，青天爲被，誠爲一幅神仙棲息圖畫。

(9)登陟寒山道。寒山路不窮。溪長石磊磊。澗闊草濛濛。苔滑非關雨。松鳴不假風。誰能超世累。共坐白雲中。

評曰：首二句如千山來龍，末二句悠揚不盡，中四句寫景精到。

(10)杳杳寒山道。落落冷澗濱。啾啾常有鳥。寂寂更無人。淅淅風吹面。紛紛雪積身。朝朝不見日。歲歲不知春。

評曰：句句用疊字體，易陷呆板粗淺，不可多做。

⑾白鶴銜苦花。千里作一息。欲往蓬萊山。將此充糧食。未達毛摧落。離羣心慘惻。却歸舊來巢。妻子不相識。

評曰：以物喩人，感傷沉重，文亦凝鍊雄渾。

⑿碧澗泉水清。寒山月華白。默知神自明。觀空境逾寂。

評曰：輕輕吐言，深深入扣，神明境寂。色相皆空。

⒀以我棲遲處。幽深難可論。無風蘿自動。不霧竹長昏。澗水緣誰咽。山雲忽自屯。午時庵內坐。始覺日頭暾。

評曰：中四句極爲靈活，意義亦深。

⒁一住寒山萬事休。更無雜念掛心頭。閒於石壁題詩句。任運還同不繫舟。

評曰：一首極好七絕，清淡入裏，不剝而復，平仄亦合。

⒂自樂平生道。煙蘿石洞間。野情多放曠。長伴白雲閒。有路不通世。無心孰可攀。石床孤夜坐。圓月上寒山。

評曰：每語皆富哲理，且非細嚼，難得領悟。

⒃元非隱逸士。自號山林人。何曾蒙幘帛。且愛裹疏巾。道有巢由操。恥爲堯舜臣。獮猴罩帽子。學人避風塵。

評曰：身價節操，萬流景仰。結語奇勝，非人所及。

⒄千雲萬水間。中有一閒士。白日遊青山。夜歸巖下睡。倏爾過春秋。寂然無塵累。快

哉何所依。靜若秋江水。

評曰：此是寒山自詠，逍遙物外，一塵不染。文亦深入淺出。

⒅欲向東巖去。于今無量年。昨來攀葛上。半路困風煙。徑窄衣難進。苔粘履不前。住茲丹桂下。且枕白雲眠。

評曰：五六兩句，寫寒巖之景，唯眞唯肖。七八兩句，具見隱士生涯。惟一二兩句，格低氣衰，不能配合。

⒆家住綠巖下。庭蕪更不芟。新籐垂繚繞。古石豎巉巖。山果獼猴摘。池魚白鷺銜。仙書一兩卷。樹下讀喃喃。

評曰：隱士生涯與環境，尚能表達。「摘」「銜」二字，見鍊字工夫。

⒇歲去換愁年。春來物色鮮。山花笑綠水。巖樹舞青煙。蜂蝶自云樂。禽魚更可憐。朋遊情未已。徹曉不能眠。

評曰：寫景得體，惟詞句稍嫌粗淺，而無韻致。

(21)智者君拋我。愚者我拋君。非愚亦非智。從此斷相聞。入夜歌明月。侵晨舞白雲。焉能住口手。端坐鬢紛紛。

評曰：非愚非智，不住口手，夜歌明月，晨舞白雲，此爲隱士修鍊陶冶工夫。文亦整潔。

(22)茅棟野人居。門前車馬疏。林幽偏聚鳥。溪闊本藏魚。山果攜兒摘。皐田共婦鉏。家中何所有。唯有一床書。

評曰：寒山此類寫景詩甚多，結構亦大致相同。

(23)夫物有所用。用之各有宜。用之若失所。一闕復一虧。圓鑿而方枘。悲哉空爾爲。驊騮將捕鼠。不及跛貓兒。

評曰：尺有所短，寸有所長。驊騮捕鼠，不及跛貓。

(24)一向寒山坐。淹留三十年。昨來訪親友。大半入黃泉。漸減如殘燭。長流似逝川。今朝對孤影。不覺淚雙懸。

評曰：三十年滄桑，人事全非。今世何世，感慨與同。

(25)垂柳暗如煙。飛花飄似霰。夫居離婦州。婦在思夫縣。各在天一涯。何時復相見。寄語明月樓。莫貯雙飛燕。

評曰：世亂民散，夫妻天各一方。以今例昔，寄慨尤深。

(26)桃花欲經夏。風月催不待。訪覓漢時人。能無一個在。朝朝花遷落。歲歲人移改。今日揚塵處。昔時爲大海。

評曰：滄海桑田，人移物換，歲月無情，誰能永在。

(27)卜擇幽居地。天台更莫言。猿啼溪霧冷。嶽色草門連。竹葉覆松室。開池引澗泉。已甘休萬事。采蕨渡殘年。

評曰：中四句敘情寫景，已得三昧，對仗亦甚工整。末二句尤見高操。

(28)雍容美少年。博覽諸經史。盡號曰先生。皆稱爲學士。未能得官職。不解秉耒耜。多披破布衫。蓋是書誤己。

評曰：此刺書生謀生無術，儒冠誤身，亦寒山自况也。

(29)出生三十年。常遊千萬里。行江靑草合。入塞紅塵起。煉藥空求仙。讀書兼詠史。今日歸寒山。枕流兼洗耳。

評曰：此亦寒山自詠之詩，雲遊萬里，行江入塞，煉藥求仙，讀書詠史，歸隱寒山，枕流洗耳，隱者生涯，躍然紙上。

(30)昨夜夢還鄉。見婦機中織。駐梭若有思。擎梭似無力。呼之回面視。况復不相識。應是別多年。鬢毛非舊色。

評曰：此爲寒山思婦之詩，最後四句，意義深長。

(31)閒自訪高僧。煙山萬萬層。師親指歸路。月掛一輪燈。

評曰：寒山自詠訪師學佛之詩，寒山詩最欠神韻，而此詩則神韻悠揚。

(32)吁嗟貧復病。爲人絕友親。甕裏長無飯。甑中屢生塵。篷庵不免雨。漏榻劣容身。莫怪今顦顇。多愁定損人。

評曰：此是寒山生活寫照。措詞欠含蓄。

(33)衆星羅列夜深明。巖點孤燈月未沉。圓滿光華不磨瑩。掛在靑天是我心。

評曰：「掛在青天是我心」是名句。

(34)嘗聞漢武帝。爰及秦始皇。俱好神仙術。延年竟不長。金臺既摧折。沙丘遂滅亡。茂陵與驪嶽。今日草茫茫。

評曰：刺秦皇漢武好長生術，是一首詠史好詩。

(35)寒巖深復好。無人行此道。白雲高岫閒。青嶂孤猿嘯。我更何所親。暢志自宜老。形容寒暑遷。心珠甚可保。

評曰：修鍊已有工夫，無往而不自得。白雲聯爲佳句，平仄亦合。

(36)鹿生深林中。飲水而食草。伸脚樹下眠。可憐無煩惱。繫之在華堂。餚膳極肥好。終日不肯嘗。形容轉枯槁。

評曰：林下鹿、泥中龜，一入世則生機全息。寒山甘隱寒巖，動機其在此乎。

(37)君看葉裏花。能得幾時好。今日畏人攀。明朝待誰掃。可憐嬌艷情。年多轉成老。將世比於花。紅顏豈長保。

評曰：置之漢代古詩中，幾不可辨。

靈澈 字源澄，姓湯氏，會稽人。雲門寺律僧也。名振輦下，緇流嫉之，造飛語，激中貴人，貶徙汀州，會赦歸鄉。詩十六首，選二首。

聽鶯歌

新鶯傍簷曉更悲。孤音清冷囀素枝。口邊血出語未盡。豈是怨恨人不知。不食枯桑葚。

不銜苦李花。偶然弄樞機。婉轉凌煙霞。衆雛飛鳴何躅促。自覘游蜂啄枯木。玄猿何事朝夜啼。白鷺長在汀洲宿。墨雕黃鶴豈不高。金籠玉鉤傷羽毛。三江七澤去不得。風煙日暮生波濤。飛去來。莫上高城頭。莫下空園裏。城頭鴟烏拾羶腥。空園燕雀爭泥滓。願當結舌含白雲。五月六月一聲不可聞。

評曰：人濁我清，人醉我醒，天地窄狹，何處容身！

簡寂觀

古松古柏巖壁間。猿攀鶴巢古枝折。五月有霜六月寒。時見山翁來取雪。

評曰：古奥峭拔，在僧詩中不可多得。

皎然　名晝姓謝氏，長城人，靈運十世孫也。居杼山，文章儁麗，顏眞卿、韋應物並重之，與之酬唱。貞元中敕寫其文集，入於祕閣。詩七卷，選三首。

尋陸鴻漸不遇

移家雖帶郭。野徑入桑麻。近種籬邊菊。秋來未著花。扣門無犬吠。欲去問西家。報道山中去。歸時（一作來）每日斜。

評曰：自然閒逸，並駕陶令。在唐詩中，亦算名什。

宿吳匡山破寺

雙峰百戰後。眞界滿塵埃。蔓草緣空壁。悲風起故臺。野花寒更發。山月暝還來。何事池中水。東流獨不迴。

評曰：一片戰後凄凉景象。

秋晚宿破山寺

秋風落葉滿空山。古寺殘燈石壁間。昔日經行人去盡。寒雲夜夜自飛還。

評曰：秋風落葉，古寺殘燈，行人去盡，寒雲飛還。此情此景，人何以堪。

良乂 大中時僧，詩一首，選一首。

答盧鄴

風泉祇向夢中聞。身外無餘可寄君。當戶一輪惟曉月。掛簷數片是秋雲。

評曰：清貧樂天，仙佛襟懷。

子蘭 昭宗朝，文章供奉，詩一卷。選一首。

城上吟

古塚密於草。新墳侵官道。城外無閑地。城中人又老。

評曰：意指韶華易逝，生命何常，而只用墳地點出，不着他語，詩法高人一着。

齊己 名得生，姓胡，潭之益陽人。出家爲僧，自號衡嶽沙門，詩十卷，選三首。

寄華山司空圖

天下艱難際。全家入華山。幾勞丹詔問。空見使臣還。瀑布寒吹夢。蓮峰翠濕關。兵戈阻相訪。身老瘴雲間。

評曰：齊已詩思路筆致，滯澀不暢，此詩興味盎然，詞筆暢達。

日日曲

日日日東上。日日日西沒。任是神仙容。也須成朽骨。浮雲滅復生。芳草死還出。不知千古萬古人。葬向青山爲底物。

評曰：禪思玄理，境界頗高，筆亦挺拔有力。

耕叟

春風吹蓑衣。暮雨滴箬笠。夫婦耕共勞。兒孫饑對泣。田園高且瘦。賦稅重復急。官倉鼠雀羣。共待新租入。

評曰：出家人而詠入世之事，歷歷如繪，似非親歷其境者不能道出，筆致勁遒峭拔，是其餘事。

中華語文叢書

唐詩千首

作　　者／胡鈍俞 評選
主　　編／劉郁君
美術編輯／鍾　玟

出 版 者／中華書局
發 行 人／張敏君
副總經理／陳又齊
行銷經理／王新君
地　　址／11494 臺北市內湖區舊宗路二段181巷8號5樓
客服專線／02-8797-8396　　傳　真／02-8797-8909
網　　址／www.chunghwabook.com.tw
匯款帳號／華南商業銀行　西湖分行
179-10-002693-1　中華書局股份有限公司

法律顧問／安侯法律事務所
製版印刷／維中科技有限公司　海瑞印刷品有限公司
出版日期／2018年5月再版
版本備註／據1984年1月初版復刻重製
定　　價／NTD 300

國家圖書館出版品預行編目（CIP）資料

唐詩千首 / 胡鈍俞著. -- 再版. -- 臺北市 :
中華書局, 2018.05

面 ;　公分. -- (中華史地叢書)

ISBN 978-957-8595-40-8(平裝)

831.4　　107005097

NO.H2046
ISBN 978-957-8595-40-8（平裝）

財團法人
台灣網路資訊中心 TAIWAN NETWORK INFORMATION CENTER

客服電話:(02)2528-7299#1　　註冊系統網址:https://rs.twnic.tw

倘若您於收到本通知書前已繳費，請自行將本通知書作廢。

註冊人:　　　　統編/身份證號:

聯絡人:　　　　電話:

e-mail:

地址:

※ 請注意！您的網域名稱註冊資料正確嗎?

貴戶於本中心留存之註冊資料如上，為維護您的權益，請於繳費前至本中心網域名稱註冊系統(https://rs.twnic.tw/)點選「查詢/更改基本資料」進行更正，以確保您日後可正確接獲本中心所寄送的各項重要訊息。

TWNIC 網域名稱到期續用繳費通知書

列印日期:

		網域名稱收費標準
註冊人		
網域名稱		

網域名稱與服務
常見問題說明

TWNIC 現已不再直接受理新申請網域名稱服務，欲申請者請直接向受理註冊機構辦理。

TWNIC 是一個怎樣的機構?

財團法人台灣網路資訊中心(TWNIC)
是一個非營利性之財團法人機構。

提供網域名稱/IP 註冊資訊、目錄與資料庫、推廣等服務。促進、協調全國與國際網際網路(Internet)組織之間交流與合作，協助推展全國各界網際網路應用之普及，以及推動網路資訊相關公益事務。

更多資訊及最新消息歡迎至 TWNIC 官網與 Blog 瀏覽。

網域名稱所有權怎麼轉移給其他公司?

(1).請點選「網域名稱註冊系統」下之
「公司更名/統編/域名移轉申請」功能。

網域名稱之申請公司名稱變更如何辦理?

(1).請點選「網域名稱註冊系統」中
「公司更名/統編/域名移轉申請」功能。

(2).輸入網域名稱後，請勾選「更改公司名稱」
並填妥新公司中英文名稱。

(3).列印出申請單，並蓋上公司之大小章。

(4).連同最新的證明文件(依照登記類型提供
「公司變更登記表」或「商業登記抄本」影本)
一併回傳本中心，核對無誤後以 email 回覆。

網域名稱密碼忘記後如何處理?

(1).請至「網域名稱註冊系統」中「密碼重設申請單」頁面。

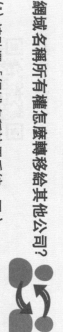